古事记

こ じ き

KO · JI · KI

Ō no Yasumaro

〔日〕安万侣◎著　周作人◎译

中国出版集团
现代出版社

目录

引言

日本最早的古典文学，称为奈良朝文学，著名的只有两种，散文有《古事记》，韵文总集有《万叶集》。奈良朝七代天皇，自元明女帝和铜三年（公元七一〇）迁都平城，至桓武天皇延历三年（公元七八四）再迁，七十四年间以现今奈良为首都，所以有此名称，而事情极有凑巧的，安万侣奉敕编纂《古事记》，在和铜四年九月，一方面《万叶集》的主要作者大伴家持，有人说他便是编集的人，也于延历四年八月去世了。这两部书恰好正与这一朝相终始了。

奈良朝文化全然是以中国文化为主的，在推古女帝时圣德太子摄政，定宪法十七条，政治取法隋唐，宗教尊崇佛法，立下根基，为二十年后“大化革新”的发端。第三十六代孝德天皇改元“大化”（公元六四五），于次年下改革的诏旨，以后天皇也有了谥号，这年号与谥法两件中国特别办法的采用，于日本历史上留下不可磨灭的痕迹。最重要的是文字的借用。宫廷政治与宗教（佛教）上用的全然是汉文，当时社会上有势力的人大抵有相当的汉文化，能写作像样的诗文，安万侣的《上古事记表》便是一篇很好的六朝文，而孝谦女帝的天平胜宝三年（公元七五一）所编的《怀风藻》里所收汉诗一百二十余篇，作家至有六十四人之多，可以知道这个大概了。但是这种借用的文字，假如想用了来做文艺作品，那是不可能的事情，于是在利用汉字偏旁，造作日本字母（假名）之前，不得不暂时借用整个汉字来拼音的方法，写成一种奇怪的文体。不过这也不是新的发明，中国翻译佛经里便有这一体，即全篇的咒语固然如此，此外经中重要语句，也时常这样的保存原文的音译，如《妙法莲华经》中普门品中的“阿耨多罗三藐三菩提”，即是一例。奈良朝的文学作品，便是以这种文体写作出来的。

《古事记》三卷，据原序所说，是和铜四年（公元七一一）九月开始编集，于次年正月完成的。编集的人是安万侣，口授的是舍人稗田阿礼，而最初审定的乃是第四十代的天武天皇。所以安万侣的工作只是在于编写，不过这工作也是不可看轻的，盖事属初创，有许多困难的事情，《上古事记表》中说得好，特抄原文如下：

“然上古之时，言意并朴，敷文构句，于字即难，已因训述者，词不逮心，全以音连者，事趣更长。是以今或一句之中，交用音训，或一事之内，全以训录，即辞理叵见以注明，意况易解更非注。”今录《古事记》第一节的后半，以见一斑：

“次国稚如浮脂而，久罗下那州多陀用币琉之时（琉字以上十字以音），如苇牙因萌腾之物而，成神名，宇麻志阿斯诃备比古迟神（此神名以音），次天之常立神（训常云登许，训立云多知），此二柱神亦独神成坐而隐身也。”书成九年之后，第四十四天皇元正女帝的养老四年（公元七二〇），《日本书纪》三十卷成功，安万侣也参与其工作，由舍人亲王监修，这是一部汉文的日本历史，就书名看来，也可以知道这是国际性质的，但因此有这一个缺点，便是如日本国学者所说，里边有的是“汉意”，至少如作为文学看，其价值不如《古事记》的纯粹了。这正如《怀风藻》尽管是像样的汉诗，但是要看文学上的日本诗歌，也不得不去找《万叶集》来看，正是同一个道理。

《古事记》的内容，是由两种材料混合编成，这便是序文里所引天武天皇的诏书中所说，帝纪与本辞。所谓帝纪就是记载历代天皇的历史，凡天皇御名，皇居，治天下，后妃，皇子皇女，升遐，御寿，山陵这些事实，在大葬的时候当作诔词去念的。现在虽然没有传本，但在那时代，恐怕已经有汉文记载存在，叫作什么《帝王本纪》之类。至于本辞，也称作旧辞，那是别一种性质的东西，用现代的名称来说，即是神话，传说，或民间故事。这是古代口头流传的文学，讲述奇妙的故事，凡是诸神行事的是神话，属于英雄的是传说，若是同样故事而说的不是专属神或人的，便是民间故事了。天武天皇诏书里，虽说“撰录帝纪，讨核旧辞，削伪定实，欲流后叶”，意思是二者并重，但实际是未能达到目的，犹如把竹片接到木头上去，完全是两截，没法子融接得来。不过，这却是正好的。《古事记》的价值，不在作为一部史书上，它的真价乃是作为文学书看，这是一部记录古代传说的书，在公元八世纪时所撰集，这个年代在亚洲各国不算很早，但在日本却是第一部古书了。在那么早的时候，来敕撰一种故事书，事实是不可能的，只能在历史书的幌子底下，才能生产出来，而《古事记》就真是这样出来的。三卷中第一卷完全是神话，所记是神代的事情，第二、三卷是记人皇的事情，自神武天皇至推古天皇，凡三十三代，除单纯的帝纪以外，所有故事都是传说的性质，内容虽相似，但所讲的主人公乃是人而不是神了。三十三代中间，仅神武天皇等十三代，于帝纪之外，有本辞的材料，成为中下卷的内容，其他二十代便没有故事，只剩枯燥无味的帝纪，而且那有本辞做装饰的十三代，其帝纪也是同样的枯燥，所以《古事记》三卷的价值，完全在于旧辞，即是神话与传说，帝纪一部分乃是应有的枝干，有了这枝干才能作为挂上新衣的钩子，这许多传说乃能说得有条理有系统，而不是一部杂乱无章的传说集了。古来有一句话，叫作“买椟还珠”，这《古事记》里的帝纪正是史实的珠子，但我们觉得有兴趣的，却在那些附加的装饰，正合得上那句买椟还珠的古话了。

把《古事记》当作日本古典文学来看时，换句话说，就是不当它作历史看，却当作一部日本古代的传说集去看的时候，那是很有兴趣的，不过要简单的说明，却不是容易的事。一国的神话与传说，有些是固有的，有些是受别国的影响的。日本受印度、中国的影响很深，在《古事记》里很明显的看得出来，如第一五七节天之日矛，便很有印度故事的色彩，连言语也有关系，其自中国的为第一〇六节的御真木天皇，一六三节的圣帝之御世，一七四节的雁生子，都有歌功颂德的模仿痕迹，若其出于自己创造者便很不相同了。日本传说自有其特色，如天真，纤细，优美，但有些也有极严肃可怕的，例如第一三八节的仲哀天皇的仓卒晏驾，即是一例。那是日本固有宗教的“神道教”的精神，我们想了解日本故事以至历史的人所不可不知道，然而也就是极难得了解清楚的事情。

周作人

一九五九年一月三十日

序

臣安万侣言。夫混元既凝，气象未效，无名无为，谁知其形。然乾坤初分，参神作造化之首，阴阳斯开，二灵为群品之祖。所以出入幽显，日月彰于洗目，浮沉海水，神祇呈于涤身。故太素杳冥，因本教而识孕土产岛之时，元始绵邈，赖先圣而察生神立人之世。实知悬镜吐珠，而百王相续，吃剑切蛇，以万神蕃息欤。议安河而平天下，论小滨而清国土。

是以番仁岐命，初降于高千岭，神倭天皇，经历于秋津岛。化熊出山，天剑获于高仓，生尾遮径，大乌导于吉野。列舞攘贼，闻歌伏仇。即觉梦而敬神祇，所以称贤后，望烟而抚黎元，于今传圣帝。定境开邦，制于近淡海，正姓撰氏，勒于远飞鸟。虽步骤各异，文质不同，莫不稽古以绳风猷于既颓，照今以补典教于欲绝。

暨飞鸟清原大宫，御八大洲天皇御世，潜龙体元，洊雷应期，闻梦歌而想纂业，投夜水而知承基。然天时未臻，蝉蜕于南山，人事共洽，虎步于东国。皇舆忽驾，凌渡山川，六师雷震，三军电逝。杖矛举威，猛士烟起，绛旗耀兵，凶徒瓦解。未移浃辰，气沴自清。乃放牛息马，恺悌归于华夏，卷旌戢戈，舞咏停于都邑。

岁次大梁，月踵夹钟，清原大宫，升即天位。道轶轩后，德跨周王，握乾符而总六合，得天统而包八荒。乘二气之正，齐五行之序，设神理以奖俗，敷英风以弘国。重加智海浩瀚，潭探上古，心镜炜煌，明睹先代。

于是天皇诏之：朕闻诸家之所赍，帝纪及本辞，既违正实，多加虚伪，当今之时，不改其失，未经几年，其旨欲灭，斯乃邦家之经纬，王化之鸿基焉。故惟撰录帝纪，讨核旧辞，削伪定实，欲流后叶。时有舍人，姓稗田名阿礼，年是廿八，为人聪明，度目诵口，拂耳勒心。即敕语阿礼，令诵习帝皇日继，及先代旧辞，然运移世异，未行其事矣。

伏惟皇帝陛下，得一光宅，通三亭育，御紫宸而德被马蹄之所极，坐玄扈而化照船头之所逮。日浮重晖，云散非烟，连柯并穗之瑞，史不绝书，列烽重译之贡，府无空月。可谓名高文命，德冠天乙矣。于焉惜旧辞之误忤，正先纪之谬错，以和铜四年九月十八日，诏臣安万侣，撰录稗田阿礼所诵之敕语旧辞，以献上者。

谨随诏旨，子细采摭，然上古之时，言意并朴，敷文构句，于字即难，已因训述者，词不逮心，全以音连者，事趣更长。是以今或一句之中，交用音训，或一事之内，全以训录，即辞理叵见以注明，意况易解更非注。亦于姓日下谓玖沙诃，于名带字谓多罗斯，如此之类，随本不改。大抵所记者，自天地开辟始，以讫于小治田御世，故天御中主神以下，日子波限建鹈草葺不合尊以前为上卷，神倭伊波礼毗古天皇以下，品陀御世以前为中卷，大雀皇帝以下，小治田大宫以前为下卷。并录三卷，谨以献上。臣安万侣诚惶诚恐顿首顿首。

和铜五年正月二十八日，

正五位勋五等太朝臣安万侣谨上

卷上

一　伊耶那岐命与伊耶那美命

一　天地始分

一　天地始分的时候，生成于高天原的诸神之名号是：天之御中主神，其次是高御产巢日神，其次是神产巢日神。此三神并是独神，且是隐身之神。[1]

世界尚幼稚，如浮脂然，如水母然，漂浮不定之时，有物如芦芽萌长，便化为神，名曰宇麻志阿斯诃备比古迟神，其次是天之常立神。此二神亦是独神，且是隐身之神。[2]

以上五神为别天神。

二　其次生成的诸神的名号是：国之常立神，其次是丰云野之神。此二神亦是独神，且是隐身之神。其次生成的诸神的名号是：宇比地迩神，其次是妹须比智迩神，其次是角杙神，

---

〔1〕天之御中主神，意云在宇宙中央之主者，代表宇宙之根本。产巢日神，《日本书纪》一本作产灵神，代表宇宙之生成力。有二神者，阴阳二仪也。“隐身”即“现身”之对，谓存于幽冥中，不出现于世间。

〔2〕宇麻志阿斯诃备比古迟神，《日本书纪》一本写作可美苇牙彦舅尊，因芦芽得名。天之常立神，盖司天之四极之神，“常”训作“极”云。

其次是妹活杙神，其次是意富斗能地神，其次是妹大斗乃辨神，其次是淤母陀琉神，其次是妹阿夜诃志古泥神，其次是伊耶那岐神，其次是妹伊耶那美神。[3]

以上自国之常立神至伊耶那美神，并称神世七代。（以上二神是独神，各为一代，其次成双的十神，各合二神为一代。）

二　诸岛之生成

三　于是天神乃命令伊耶那岐命，伊耶那美命二神，使去造成那个漂浮着的国土，赐给一枝天之琼矛。二神立在天之浮桥上，放下琼矛去，将海水骨碌骨碌的搅动。提起琼矛来，从矛头滴下的海水积累而成一岛，是即淤能碁吕岛[4]。

四　二神降到岛上，建立天之御柱，造成八寻殿。于是伊耶那岐命问其妹伊耶那美命道：

“你的身子是如何长成的？”她回答道：

“我的身子都已长成，但有一处未合。”伊耶那岐命道：

---

〔3〕国之常立神司地之四极，丰云野之神系代表泥沼者，以上皆无性别的独身神；宇比地迩神以下则皆两性对立的神，妹字系泛指女性之词。神名解释从略，大抵皆代表大地之生成力者也。伊耶那岐伊耶那美二神之名，本于伊耶那，义曰招曰引，“岐美”系男女之美称。二神后文称曰“命”，《日本书纪》则写作“尊”，古注家云：“尊与命同号美许登（Mikoto），犹如言御事也。”

〔4〕淤能吕岛意云自然凝结之岛，因其由来命名，并不指一定的场所。

“我的身子都已长成，但有一处多余。想以我所余处填塞你的未合处，产生国土，如何？”伊耶那美命答道：

“好吧。”于是伊耶那岐命说道：

“那么，我和你绕着天之御柱走去，相遇而行房事。”即约定，乃说定道：

“你从右转，我将从左转。”约定后，绕柱而走的时候，伊耶那美命先说道：

“啊呀，真是一个好男子！”随后伊耶那岐命才说：

“啊呀，真是一个好女子！”各自说了之后，伊耶那岐命乃对他的妹子说道：

“女人先说，不好。”然后行闺房之事，生子水蛭子，[5]将此子置芦舟中，舍使流去。其次生淡岛，此亦不在所生诸子数中。

五　于是二神商议道：

“今我等所生之子不良，当往天神处请教。”即往朝天神。天神乃命占卜，遂告示曰：

“因女人先说，故不良，可回去再说。”

二神回去，仍如前次绕天之御柱而走。于是伊耶那岐命先说道：

---

〔5〕水蛭子据《日本书纪》云，“虽已三岁，脚犹不立”，盖言不具。因女子先发言，所生之子皆不良，或云古人思想如此，或云受中国儒教影响的传说。

“啊呀，真是一个好女子！”随后伊耶那美命说道：

“啊呀，真是一个好男子！”

六　这样说了之后，复会合而生淡道之穗之狭别岛。其次生伊豫之二名岛。此岛一身而有四面，每面各有名号，故伊豫国称为爱比卖，赞岐国称为饭依比古，粟国称为大宜都比卖，土左国称为建依别。其次生隐伎之三子岛，又名天之忍许吕别。其次生筑紫岛。此岛亦一身而有四面，每面各有名号。故筑紫国称为白日别，丰国称为丰日别，肥国称为建日向日丰久士比泥别，熊曾国称为建日别。其次生伊伎岛，又名天比登都柱。其次生津岛，又名天之狭手依比卖。其次生佐度岛。其次生大倭丰秋津岛，又名天御虚空丰秋津根别。因以上八岛系最初所生的国土，故日本称作八大岛国。〔6〕

七　归后复生吉备的儿岛，又名建日方别。其次生小豆岛，又名大野手比卖。其次生大岛，又名大多麻流别。其次生女岛，又名天一根。其次生知诃岛，又名天之忍男。其次生两儿岛，又名天之两屋。自吉备的儿岛至天之两屋岛，共计六岛。

---

〔6〕地名意义多有未详者，今悉从略。末尾“别”字系尊称，义曰长上。“比卖”原意曰“日女”，后来多写作“媛”字，“比古”即“日子”，今写作“彦”字。此二字为男女之美称。

三　诸神之生成

八　生国土既毕，更生诸神。最初生大事忍男神。其次生石土毗古神，其次生石巢比卖神，其次生大户日别神，其次生天之吹男神，其次生大屋毗古神，其次生风木津别之忍男神，其次生海神，名为大绵津见神。其次生水户之神，名为速秋津日子之神。其次生妹速秋津比卖之神。自大事忍男神至速秋津比卖神，合计十神。

九　此速秋津日子及速秋津比卖二神分任河海的事，所生诸神的名号是：沫那艺神，沫那美神，其次是颊那艺神，颊那美神，其次是天之水分神，国之水分神，其次是天之久比奢母智神，国之久比奢母智神。自沫那艺神至国之久比奢母智神，合计八神。

一〇　其次生风神，名为志那都比古神。其次生木神，名为久久能智神。其次生山神，名为大山津见神。其次生原野之神，名为鹿屋野比卖神，又名野椎神。自志那都比古神至野椎神，合计四神。

一一　此大山津见及野椎二神分任山野的事，所生诸神的名号是：天之狭土神，国之狭土神，其次是天之狭雾神，国之狭雾神，其次是天之暗户神，国之暗户神，其次是大户惑子神，大户惑女神。自天之狭土神至大户惑女神，合计八神。

一二　其次所生的神的名号是：鸟之石楠船神，又名天之鸟船神。其次生大宜都比卖神，其次生火之夜艺速男神，又名火之炫毗古神，亦名火之迦具土神。伊耶那美命因生此子之故，阴部被灼伤，乃卧病。从所呕吐之物而生的神名为金山毗古神，金山毗卖神。其次从粪而生的神名为波迩夜须毗古神，波迩夜须毗卖神。其次从溺而生的神名为弥都波能卖神。其次是和久产巢日神。此神之子名为丰宇气毗卖神。〔7〕伊耶那美命因生火神的缘故，遂尔逝去。自天之鸟船神到丰宇气毗卖神，合计八神。

伊耶那岐与伊耶那美二神共生岛一十四处，神三十五尊。以上为伊耶那美神未逝去以前所生。惟淤能碁吕岛并非所生，又水蛭子及淡岛亦不列入数中。

四　黄泉之国

一三　于是伊耶那岐命说道：

“亲爱的妹子啊，竟因为一个儿子的缘故而丧失了你么？”

---

〔7〕大宜都比卖为食神，“宜”与“宇气”同训作“食”，丰宇气毗卖可写作丰食姬，亦为掌食物之神。金山二神为矿山神，波迩夜须义云炼泥，系泥土肥料之神。弥都波能卖义云水利女神，肥料或灌溉之神，和久产巢日又写作稚产灵神，亦司五谷生长之神也。自天之鸟船神以下共计十神，惟本文云八神，今仍之。

乃匍匐于枕边，复匍匐于足旁而哭。其时从泪而生的神名为泣泽女之神，在香具山亩尾的木本地方。既已逝去的伊耶那美命则葬于出云国与伯耆国之境的比婆之山。

一四　于是伊耶那岐命拔所佩十握之剑，斩其子迦具土神的脖颈。剑锋上的血迸溅岩石而生三神，其名号是：石拆神，根拆神，石筒之男神。其次剑茎上的血迸溅岩石而生三神，其名号是：瓮速日神，樋速日神，建御雷之男神，又名建布都神，亦名丰布都神。其次剑柄上所积的血从手指间漏出而生诸神，其名号为：暗淤加美神，暗御津羽神。

以上自石拆神至暗御津羽神，合计八神，皆是因剑而生的诸神。

一五　被杀的迦具土神的头化为神，名为正鹿山津见神。其次胸所化者名为淤縢山津见神。其次腹所化者名为奥山津见神。其次阴所化者名为暗山津见神。其次左手所化者名为志艺山津见神。其次右手所化者名为羽山津见神。其次左足所化者名为原山津见神。其次右足所化者名为户山津见神。自正鹿山津见神至户山津见神，合计八神。斩火神的剑名为天之尾羽张，亦名伊都之尾羽张。[8]

一六　伊耶那岐命欲见其妹伊耶那美命，遂追往至于黄泉之国。[9]女神自殿堂的羡门出来，伊耶那岐命乃说道：

“亲爱的妹子，我和你所造的国土尚未完成，请回去吧。”伊耶那美命答道：

“可惜你不早来，我已吃了黄泉灶火所煮的食物了。但承亲爱的吾兄远道而来，我愿意回去。且去和黄泉之神相商，请你切勿窥看我。”这样说了，女神退入殿内，历时甚久。伊耶那岐命不能复待，拿下左髻所插的木栉，取下旁边的一个栉齿，点起火来，进殿看时，乃见女神身上蛆虫聚集，脓血流溢，大雷在其头上，火雷在其胸上，黑雷在其腹上，拆雷在其阴上，稚雷在其左手，土雷在其右手，鸣雷在其左足，伏雷在其右足，合计生成雷神八尊。

一七　伊耶那岐命见而惊怖，随即逃回。伊耶那美命说道：

---

〔8〕八神皆山神，次田润注谓盖因于深山幽谷中造剑之联想而命名。“尾羽张”意云锋棱锐利，“伊都”意云严肃。

〔9〕“黄泉之国”原文云“夜见之国”，意即冥土。《日本书纪》称作“根国”，《祝词》又称作“底国”，谓在地下，但有时也以为即在现世，如下文第一八节谓即在出云地方，犹中国之说在四川酆都府也。

“你叫我来出了丑啦。”即差遣黄泉丑女往追。伊耶那岐命乃取黑色葛鬘，抛在地上，即生野葡萄。在丑女摘食葡萄的时候，伊耶那岐命得以逃脱。但不久又复追来，乃取插在右鬓的木栉，擘下栉齿，抛在地上，即化为竹笋。在丑女拾食竹笋的时候，伊耶那岐命又得以逃走。其后伊耶那美命更遣八雷神，率领千五百名黄泉军来追。伊耶那岐命拔所佩十握之剑，向后面且挥且走。直追至黄泉比良坂之下。伊耶那岐命取坂下所生桃实三个，俟追者近前，将桃子抛去，遂悉逃散。伊耶那岐命对桃子说道：

“像你现在帮助我一样，生在苇原中国的众生遇见忧患的时候，你也去帮助他们吧！”遂赐名曰大神实命。[10]

一八　最后伊耶那美命亲自追来，伊耶那岐命乃取千引石，堵塞黄泉比良坂。二神隔石相对而立，致诀别之词。其时伊耶那美命说道：

“我亲爱的兄，因为你如此行为，我当每日把你的国人扼死千名！”伊耶那岐命答道：

---

〔10〕用桃实击退黄泉丑女等，《日本书纪》引一书曰，“此用桃避鬼之缘起也”，盖系中国桃弧棘矢的影响。“苇原之中国”即指日本。“众生”原文云“宇都志伎青人草”，意云现世的青草似的人民，《日本书纪》写作“显见苍生”。

“我亲爱的妹，你如这样，我每日建立产室千五百所！”因此一日之中必死千人，一日之中亦必生千五百人。伊耶那美命故又称为黄泉津大神，因曾追到此地，故又称道敷大神。[11]堵塞黄泉坂的大石称为道反大神，又称塞坐黄泉户大神。所谓黄泉比良坂即今出云国之伊赋夜坂。

五　祓除

一九　于是伊耶那岐命说道：

“我到很丑恶很污秽的地方去过，所以须得祓除我的身体。”乃至筑紫日向之桔小门之阿波岐原，举行祓除。其时从所抛弃之杖生长的神，名为冲立船户神，其次从所抛弃之带生长的神名为道之长乳齿神，其次从所抛弃之袋生长的神名为时置师神，其次从所抛弃之衣生长的神名为和豆良比能宇斯神，其次从所抛弃之裤生长的神名为道俣神，其次从所抛弃之冠生长的神名为饱咋之宇斯神，其次从所抛弃之左手串生长的神名为奥疏神，奥津那艺佐毗古神，奥津甲斐辨罗神，其次从所抛弃之右手串生长的神，名为边疏神，边津那艺佐毗古神，边津甲斐辨罗神。

〔11〕“千引石”《日本书纪》又写作“千人所引磐石”，意谓千人之力才能转动。道敷大神之“敷”系“及”字之替代字，犹云追及。

自船户神至边津甲斐辨罗神十二神，皆因抛弃身上所着诸物而成之神。

二〇　于是伊耶那岐命说道：

“上流流急，下流流缓。”乃入于中流，沉没洗涤，其时所生之神名为八十祸津日神，大祸津日神。此二神者，即因往污秽的黄泉国时所得垢污而生之神也。其次为消除此祸而生之神名为神直毗神，大直毗神，伊豆能卖神。其次在水底洗涤时生长之神，名为底津绵津见神，底筒之男命。在水中洗涤时生长之神，名为中津绵津见神，中筒之男命。在水上洗涤时生长之神，名为上津绵津见神，上筒之男命。此绵津见神三尊为阿昙族所祀为祖神之尊神。阿昙族者即此绵津见神之子宇都志日金拆命之后也。底筒之男命，中筒之男命，上筒之男命三尊，系墨江之三大神。

二一　伊耶那岐命洗左目时所生的神名为天照大御神。其次洗右目时所生的神名为月读命。其次洗鼻时所生的神名为建速须佐之男命。[12]

自八十祸津日神至建建速须佐之男命十四神，皆因洗涤身体而生之神。

二二　此时伊耶那岐命大喜说道：

“我生子甚多，今最后乃得贵子三人。”因取下颈上的玉串，琮琮地拿在手里摇着，赐给天照大御神，命令道：

“你去治理高天原去。”此颈串称为御仓板举之神。其次命令月读命道：

“你去治理夜之国去。”其次命令建速须佐之男命道：

“你去治理海原去。”

二三　天照大御神与月读命依了父神的命令各去治理，只有建速须佐之男命不去治理他的国土，八握之须垂至胸前，却还在哭闹。他的哭泣大有将青山哭枯，成为荒山，将河海悉皆哭干之概。以是恶神的声音如五月蝇似的到处起哄，种种灾祸

〔12〕据神话学的自然现象解释，天照大御神与月读命为日月之神，建速须佐之男命则为暴风雨神，普通依照《日本书纪》写作“素盏鸣尊”。但第三一节以后，建速须佐之男命又转为人文神话的英雄，成为人文英雄之一了。

都起来了。伊耶那岐命乃问建速须佐之男命道：

“你为什么不去治理所命令的国土，却尽在哭闹？”建速须佐之男命答道：

“我想往母亲的国土，根之坚洲国去，所以哭泣。”于是伊耶那岐命大怒，说道：

“那么，你不必在这个国里住着了！”遂将建速须佐之男命驱逐出去。〔13〕伊耶那岐命今在淡海的多贺地方。〔14〕

〔13〕本文说建速须佐之男命为伊耶那岐命洗涤鼻子时所生之神，但这里仍承认伊耶那美命为母亲。《日本书纪》引一书云：（原本汉文）

“既而伊奘诺尊伊奘册尊（即伊耶那岐伊耶那美） 共议曰：吾已生大八洲国及山川草木，何不生天下之主者欤。于是共生日神，号大日灵贵，此子光华明彩，照彻于六合之内，故二神喜曰，吾息虽多，未有若此灵异之儿，不宜久留此国，自当早送于天，而授以天上之事。是时天地相去未远，故以天柱举于天上也。次生月神，其光彩亚日，可以配日而治，故亦送之于天。次生蛭儿，虽已三岁，脚犹不立，故载之于天磐豫樟船而须风放弃。次生素盏鸣尊。”

〔14〕本节末句系独立，即用以结束伊耶那岐命的事，并以说明多贺神社之缘起。《日本书纪》云：“是后伊奘诺等神功既毕，灵运当迁，是以构幽宫于淡路之洲，寂然长隐者矣。”即是同纪一事，惟因用汉文体，所以说得如此繁缛了。

二　天照大御神与建速须佐之男命

一　誓约

二四　于是建速须佐之男命说道：

“那么，我去和天照大御神告别吧。”便上天去，山川悉动，国土皆震。天照大御神听见出惊道：

“我弟来必无好意，恐欲强夺我的国土。”即解发结成男髻，左右髻的发鬘上以及左右手上，均挂上许多美丽的八尺勾玉的串饰，背负千枝的箭筒，胸悬五百枝的箭筒，臂上着威严的竹鞆，摇动弓梢，顿足陷地，蹴散坚土有如微雪，雄武地等着建速须佐之男命的到来，问道：

“你为什么事上来的？”建速须佐之男命答道：

“我并没恶意，只因大神问我哭闹之事，我说想往母亲的国去，所以哭的。大神说，那么你不必再在这里，被赶出来了。我就想往母亲的国去，要告诉阿姊一声，所以上来了，并无别的意思。”天照大御神问道：

“那么你的心的洁白怎样能够知道呢？”于是建速须佐之男命说道：

“各立誓而生子吧。”

二五　于是二神置天安河于中间而立誓。其时天照大御神先取建速须佐之男命所佩十握之剑，折为三段，在天之真名井里挥洗，戛戛地咬了，从喷出的雾气里生出的神名为多纪理毗卖命，又名奥津岛比卖命，其次市寸岛比卖命，又名狭依毗卖命，其次多岐津比卖命，共三尊。建速须佐之男命取天照大御神缠在左髻上的美丽的八尺勾玉的串饰，琅琅地响着，在天之真名井里振涤，戛戛地咬了，从喷出去的雾气里生出的神名为正胜吾胜胜速日天之忍穗耳命，又取缠在右髻上的勾玉，戛戛地咬了，从喷出去的雾气里生出的神名为天之菩比命。又取缠在鬘上的勾玉，戛戛地咬了，从喷出去的雾气生出的神名为天津日子根命，又取缠在左手的勾玉，戛戛地咬了，从喷出去的雾里生出的神名为活津日子根命，又取缠在右手的勾玉，戛戛地咬了，从喷出去的雾里生出的神名为熊野久须毗命，共五尊。于是天照大御神告建速须佐之男命道：

“后来所生的五尊男神，是以我的东西为种子而生成的，所以是我的子女；前生的三尊女神，是以你的东西为种子而生成的，所以是你的子女。”〔15〕

二六　其先所生的神多纪理毗卖命，在胸形之奥津宫，次

---

〔15〕《日本书纪》云，素盏鸣尊说道：“夫誓约之中，必当生子，如吾所生是女者，则可以为有浊心，若是生男，则可以为有清心。”可见所记生五男神，即以证明他的本无恶意，《古事记》如此说，便不很清楚。

市寸岛比卖命，在胸形之中津宫，次多岐津比卖命在胸形之边津宫。此三尊为胸形君一族所奉的大神。后生的五尊之中，天之菩比命之子为建比良鸟命，是出云国造，无耶志国造，上菟上国造，下菟上国造，伊自牟国造，津岛县直，远江国造等的先祖。次天津日子根命是凡川内国造，额田部汤坐连，茨木国造，倭田中直，山代国造，马来田国造，道尻岐闭国造，周芳国造，倭淹知造，高市县主，蒲生稻寸，三枝部造等的先祖。

二　天之岩户

二七　于是建速须佐之男命对天照大御神说道：

“因为我的心是洁白的，我生了柔和的女子。这样看来，自然是我胜了。”这样说着，便乘胜胡闹起来，毁坏天照大御神所造的田塍，填塞沟渠，并且在尝新的殿堂上拉屎。但是天照大御神并不谴责他，替他解说道：

“那好像是屎的是因为喝醉了呕吐的东西吧。毁坏田塍，填塞沟渠，大约因为地面可惜，所以那样做的吧。”建速须佐之男命的胡作非为却不止歇，而且加甚了。当天照大御神在净殿内织衣的时候，他毁坏机室的屋顶，把天之斑马倒剥了皮，从屋上抛了进来。天衣织女见了吃惊，梭冲了阴部，就死去了。于是天照大御神惊恐，关闭天之石屋的门，隐藏在里边。高天原立即黑暗，苇原中国亦悉幽暗，变成永久之夜。于是恶神的声音如五月蝇似的到处起哄，种种灾祸都起来了。

二八　于是八百万众神聚集于天安之河原，依了高御产巢日神之子思兼神的计划，招集长夜之长鸣鸟使之鸣唱，取天安之河上的天坚石，采天金山的铁，招冶工天津麻罗，使伊斯许理度卖命作镜，使玉祖命作美丽的八尺勾玉的串饰，使天儿屋命布刀玉命取天香山牡鹿的整个肩骨，又取天香山的桦皮，举行占卜，拔取天香山连根的神木，上枝挂着美丽的八尺勾玉的串饰，中枝挂着八尺之镜，下枝挂着青布白布，作为御币，使布刀玉命持币，天儿屋命致祷。又使天手力男命立在岩户的旁边，天宇受卖命以天香山的日影蔓束袖，以葛藤为发鬘，手持天香山的竹叶的束，覆空桶于岩户之外，脚踏作响，恣意舞蹈，壮如神凭，胸乳皆露，裳纽下垂及于阴部。于是高天原震动，八百万众神哄然大笑。

二九　天照大御神觉得诧异，稍开天之岩户从里边说道：

“我隐居此处，以为高天原自然黑暗，苇原中国也都黑暗了，为甚天宇受卖命还在舞蹈，八百万众神这样欢笑呢？”于是天宇受卖命回答道：

“因为有比你更高贵的神到来了，所以大家欢喜笑乐。”这样说着的时候，天儿屋命及布刀玉命举起镜来，给天照大御神看。天照大御神更觉得诧异，略略走出门外来看，隐藏着的天手力男命即握住她的手，拉了出来。布刀玉命急忙将注连挂在后面，说道：

“以内不得进去。”天照大御神即出岩户，高天原与苇原中国都自然明亮起来了。于是八百万众神共议，罚建速须佐之男命使出祓罪献物千台，并切取上须，拔去手脚指爪，驱逐出去。〔16〕

---

〔16〕天照大神躲入天之岩户，世界变成黑暗，由天宇受卖命骗她出来窥看，天手力男命拉了出来，于是世上复有太阳。这是很简单的自然神话，但中间插有照镜一节，乃是民间故事的，俗说商人买镜回家，其妇窥镜谓蓄外妇，姑及地方官见之，又各误解，为各地通行的笑话，但见于古书当以此为最早了。“注连”系用《颜氏家训》原语，《日本书纪》写作“端出之绳”。用稻草左绚，约间隔八寸，散垂稻草七，次五，再次三根，故又称左绳或七五三绳，用作禁止出入的标志，常挂在神社入口，今正月人家门口亦犹用之，盖以辟不祥。

三　建速须佐之男命

一　谷物的种子

三〇　又乞食于大气津比卖神。[17]于是大气津比卖神从口鼻及肛门取出种种美味，做成种种食品而进之。建速须佐之男命窥见她的所为，以为她以秽物相食，遂杀大气津比卖神。从被杀的神的身体上生出诸物：头上生蚕，两眼生稻，两耳生粟，鼻生小豆，阴部生麦，肛门生大豆。神产巢日御祖命使人采集，即为谷类之种子。

二　八岐的大蛇

三一　建速须佐之男命既被逐，乃到出云国肥河之上叫作鸟发的地方。其时有筷子从河里流了来，因想到上流有人住着，遂去寻访，乃见老翁老婆二人，围着一个少女正在哭泣。于是建速须佐之男命问道：

---

〔17〕此节与上文不相连接，其间盖有缺文，用“又”字起头，可知是同类记事之一则，盖是说建速须佐之男命被放逐后漂流事迹也。

“你们是谁呀？”老翁说道：

“我乃是本地的神，大山津见神的儿子，叫作足名椎。我的妻名叫手名椎，女儿的名字是栉名田比卖。”〔18〕建速须佐之男命又问道：

“那么，你哭的理由是为什么呢？”老翁答道：

“我的女儿本来有八个。这里有高志地方的八岐的大蛇，每年都来，把她们都吃了。现在又是来的时候了，所以哭泣。”建速须佐之男命问道：

“那个八岐的大蛇，是怎么样的形状呢？”老翁说道：

“它的眼睛像红的酸浆，身体一个却有八个头和八个尾巴。又在它的身上生着苔藓桧杉之类，身长横亘八个山谷，八个山峰，看它的肚腹常有血，像糜烂的样子。”〔19〕

三二　于是建速须佐之男命对老翁说道：

“既然是你的女儿，你肯将她给我吗？”老翁说道：

“惶恐得很，只不知道你的名字。”建速须佐之男命答道：

“我是天照大御神的兄弟，现在刚才从天上下来。”于是足名椎与手名椎二神说道：

---

〔18〕本地的神犹言国土的先住人民的首领，故足名椎手名椎二人下文亦称二神。

〔19〕形容大蛇可怕的眼睛乃云“像红的酸浆”，其幼稚处也是从民间故事来的。酸浆之实鲜红可爱，为儿童所喜，但以形容大蛇的目光，则是很特别的。酸浆是书本的名号，俗名灯笼草或云红灯笼。

"真是惶恐的事，那么就将女儿送上吧。"[20]于是建速须佐之男命乃将闺女变作木梳，插在头发上，又吩咐足名椎、手名椎二神道：

"你们可去酿加重的酒，[21]又作篱笆回绕起来，做八个入口的地方，每个入口做八个台，台上各放一个酒槽，放满了加重的酒，等待着好了。"照了所吩咐的那样设备了等待着的时候，那个八岐的大蛇真如所说的来了。乃就每个酒槽，伸进一个头去，喝那酒吃，于是醉了，就留在那里寝着了。建速须佐之男命乃取所佩的十握的剑，把大蛇切成几段，肥河的水都变成血流了。刚切到大蛇的尾部的时候，剑刃略为有点缺坏了。觉得有些奇怪，用剑尖割开来看，里边有一把锋利的大刀。建速须佐之男命拿起这把大刀来，觉得这是奇异的东西，对天照大御神说明缘故，献给她了。这就是草薙大刀。[22]

三三　于是建速须佐之男命在出云国，寻求造宫殿的地方。到了须贺的地方，说道：

---

〔20〕这里所说的"惶恐"，与上文问他名字的时候所说，同样的意义，都是用于长上的客气话，犹中国古代的"诚惶诚恐"。

〔21〕"加重的酒"谓以酒再酿，原文"八盐折之酒"，即绞取酒汁，重酿更浓郁之酒也。

〔22〕草薙大刀普通多写作"草薙剑"，依据《日本书纪》上说："中有一剑，此所谓天丛云剑也。"其命名缘起，据《古语拾遗》云："大蛇之上常有云气，故以为名。"草薙的故事，见下文第一二五节倭建命（日本武尊）的东征的时候，在大野中被敌人纵火焚烧，倭建命用剑薙草得免。

“我来到此地，觉得心里清清爽爽的。”便在其地造起宫殿来了。因此这个地方到了现在也被称作须贺。这位大神初造须贺宫的时候，从那地方升起许多云气来。所以建速须佐之男命作起歌来，其歌曰：

“云气何蒙茸，
出云的八重垣，
造那八重垣，
与妻共居的，
那个八重垣啊！”

于是又召足名椎神来说道：

“你就成为我的宫殿的长吧。”定名曰稻田宫主须贺之八耳神。

三　世系

三四　于是与栉名田比卖交会而生的神名为八岛士奴美神。又娶大山津见神之女，神大市比卖而生子，名大年之神，其次为宇迦之御魂，凡二尊。兄八岛士奴美神娶大山津见之神之女，木之花知流比卖而生子，名为布波能母迟久奴须奴神。此神娶淤迦美神之女，日河比卖而生子，名为深渊之水夜礼花神，此神娶天之都度闭知泥神而生子，名为淤美豆奴神。此神娶布怒豆怒神之女，布帝耳神而生子，名为天之冬衣神。此神娶刺国大神之女，刺国若比卖而生子，名为大国主神，又名大穴牟迟之神，亦名苇原色许男之神，又名八千矛神，亦名宇都志国玉神，共有五名云。

四　大国主神

一　兔与鳄鱼

三五　这个大国主神有许多弟兄。但是大家都将国土让给大国主神，这让国的缘故是，众神都想同稻羽的八上比卖结婚，所以一起往稻羽走去，其时叫大穴牟迟神（即大国主神）背着袋子，作为从仆，带了前去。走到气多崎的地方，看见有一只赤裸无毛的兔子，趴在那里。众神对那兔子说道：

“你可在海水里洗浴，当着风吹着，去睡高山的岭上好了。”那兔子依着众神所教，去到山上睡着。可是海水干了之后，身上皮肤被风所吹裂，痛得伏在那里哭泣。最后来了大国主神，看见兔子问道：

“你为什么伏在这里哭呢？”兔回答道：

“我在淤岐岛里，想到这里来，但是没有渡海的法子，于是就骗海里的鳄鱼说，我同你们来比赛一下谁的族类更多吧。你们把一族都叫来，从这个岛到气多崎排列趴着，我从上边走着计算，就可以知道同我的一族是谁更多了。这样说了欺骗他们，在排列趴着的时候，我便在上边走着渡过海来，刚要下地时我便说我骗了他们了，话刚说了，趴在末端的鳄鱼把我抓住，将我的衣服完全剥去了。因此悲泣，其时遇着众神经过，教在海水里洗过澡，当风睡着，依着所教的话做了，我的身体全都损坏了。”于是大国主神教那兔子道：

“你赶快到那水口去，拿清水洗净身体，取水口的蒲草的花粉散在地上，在这上边打滚，你的身体一定可以治好，像从前一样。”兔子依照所教的做了，身体变成从前一样。这就叫做稻羽的素兔，现今称为兔神。于是兔子大为喜欢，对大国主神说道：

“那许多众神必定得不到八上比卖。但是你，虽然是背着袋子，却能得到她。”〔23〕

二　蚶贝比卖与蛤贝比卖

三六　于是八上比卖对众神说道：

“我不听你们所说的话。我将嫁给大穴牟迟神。”因此众神大怒，共议杀害大国主神，至于伯伎国的手间山麓，对他说道：

“这山里有一只红的野猪。我们去赶它下来，你等着抓住它，

〔23〕这里所谓鳄鱼，并非热带地方的那种，乃是指鲨鱼的一种，所谓鳄鲨者是也，产于北陆山阴地方，至今其地仍呼为鳄鱼。素兔虽可作白兔讲，但本义为无毛的兔，兔神云云盖古代动物时代的名称。

若不等着抓住它，它必将杀了你。”这样说了，把一块像野猪的大石头用火烧红了，从上边滚下来。于是他赶下来想把它抓住的时候，被这石头烧伤，便死去了。其母神悲泣，乃上天去，请于神产巢日之命，乃遣蚶贝比卖与蛤贝比卖下来，使他复活了。蚶贝比卖刮下壳粉，聚集起来，蛤贝比卖拿水出来，同母亲的乳汁一样的，涂在上面，变成〔原来的〕壮健的男子走出来了。[24]

三　根之坚洲国

三七　他又被众神所看见，被骗了带到山里去，先把大树切开，中间打下楔子，却叫大国主神走到里边去，再把楔子打开，把他夹死了。于是他的母神又哭泣着寻找，好容易寻着了，劈开这树取了出来，把他弄活过来了。她对他说道：

“你在这里，恐怕终于要被众神所杀害的吧。”便叫他逃到木国的大屋毗古神那里去。于是众神追寻来了，刚要用箭射去的时候，他却从树杈中间钻过去逃走了。

三八　于是母神说道：[25]

“你可往建速须佐之男命所在的根之坚洲国去，大神一定

〔24〕上节用蒲黄敷于皮肤溃烂处，这里用贝壳粉和水涂火伤，都是民间疗法的一斑，至今尚流传于乡间。母亲遇小儿小有创伤，辄用乳汁或唾液涂之，并唱咒语，与这里所说亦有相同之处。

〔25〕“于是母神说道”，这一句话原本没有，或说应作“大屋毗古神告曰”，义似较长，今姑据本居宣长校本增加。

能够好好地谋划吧。”依照所吩咐的走去，到了建速须佐之男命那里，建速须佐之男命的女儿须势理毗卖出来看见，与约为夫妇，回去告诉父亲道：

“有很壮丽的神到来了。”于是大神出来看了说道：

“这乃是苇原色许男命。”大国主神便叫进来，使睡在蛇屋里面。其妻须势理毗卖把一块辟蛇的巾[26]交给其夫，说道：

“假如那蛇想要咬你，将这巾摇动三遍，打退它吧。”于是大国主神依照所说的做了，蛇自然安静下去，可以安然的睡觉了。到了第二天夜里，被领到蜈蚣与胡蜂的屋里，又交给他辟蜈蚣与胡蜂的巾，与以前教的一样做了，故得平安无事。其次把鸣镝射入大野之中，叫大国主神去取回那箭来，随后即放火烧那原野。大国主神不知道从哪里能够出去，有一匹老鼠走来，对他说道：

“里头空空洞洞，外面狭狭小小。”这样的说了，大国主神乃践踏其地，即陷落了进去，躲在里面的时候，火就烧过去了。于是老鼠衔了那鸣镝出来给他，至于那箭上的羽毛，悉由小鼠们吃光了。

三九　于是其妻须势理毗卖拿了送葬的东西，哭着来到原

〔26〕巾是领巾，乃古代女子服装的一种饰物，这里云蛇的领巾，或云蜈蚣胡蜂的领巾，实在乃是辟蛇虫的带有符咒意味的东西，不是平常的领巾了。

野。岳父建速须佐之男命也以为已经死了，到了原野却见大国主神拿着箭来还他，便又带回家里来，叫到几间屋大的房子里，给他取头上的虱子。看那头的时候，有许多的蜈蚣。于是其妻以椋树的实及赤土授其夫，乃咬椋实使破，并含赤土，唾出之，大神以为啮碎蜈蚣吐出，心里觉得佩服，便睡着了。于是大国主神取大神的头发，就屋内椽子每根都系缚了，又取大岩石堵住了门口，便背了其妻须势理毗卖，拿了大神的宝物大刀弓矢和天沼琴逃走了。这时候天沼琴碰在树上，发出声音，睡着的大神听见了出惊，把那房屋都拉倒了。但是在解开那缚在椽子上边的头发的时候，他们已经逃得很远了。直追到黄泉比良坂，远远望见大国主神，遂呼大国主神道：

“你拿了你所有的大刀弓矢，将你的庶兄弟众神追及于坂上，赶散于河原，自己立为大国主神，亦是宇都志国玉神。〔27〕将我的女儿须势理毗卖作为正妻，在宇迦能山山麓，大磐石上竖立宫柱，向高天原高建栋梁，在那里住吧。你这东西！”〔28〕大国主神拿了那大刀弓矢追赶众神的时候，每于坂上追及，每于河原赶散，乃开始建立国土。

---

〔27〕宇都志国玉神本义云“现国御魂”，即现国的守护神，此为大国主神五名之一。其一为大穴牟迟神，义云大地所有，义与大国主相同。又名苇原色许男，苇原指日本，色许意云威力，又名八千矛神，亦示威武，犹云持八千矛之神。

〔28〕原语云“是奴”，本是骂詈语，但亦用佩服亲爱，至今犹有此习惯用法。

四〇　那个八上比卖如从前所约定，与共寝处。这个八上比卖虽然前来，但因为畏惧嫡妻须势理毗卖，故将其所生的儿子挟在树杈里，回到本国去了。因此其子名为树杈神，亦名御井神。

四　八千矛神的歌话

四一　这个八千矛神将求婚于高志国的沼河比卖，到了沼河比卖的家里，乃作歌道：

“八千矛尊神，
在八岛国里找不到妻子，
在远远的高志国里，
听说有贤淑的女人，
听说有美丽的女人，
跑去去求婚，
走去去求婚，
大刀的绳索还没有解，
外套的衣服也没有脱，
在姑娘的睡着的门板上，
站着推了来看，
站着拉了来看，
青山上怪鸱已经叫了，

野鸟的雉鸡也唤了起来，

家禽的雄鸡也叫了。

可憎呀那些叫的鸟，

把这种鸟都收拾了吧！

　急走的带信的使者，

　这事情就是这样的传说吧。”[29]

四二　沼河比卖其时不曾开户，于是从里边作歌道：

“八千矛尊神啊，

我是弱草似的一个女人，

我的心是住在水边的鸟啊。

在今日还是水鸟，

后来总是你的鸟吧。[30]

愿得保全不至早死啊！

　急走的带信的使者，

　这事情就是这样的传说吧。”

四三　“青山上太阳隐藏下去了，

---

〔29〕此二行在此并无意义，但以下三首均有，疑是后人奏于舞乐时所加入。

〔30〕此句本解作“和鸟”，意思是风波平和时水鸟，近解作“何鸟”，意与“汝鸟”相通，今从其说。

漆黑的夜就来了。[31]

像朝阳似的笑着来到这里，

雪白的你的双腕，

将抱着柔雪似的酥胸，[32]

互相拥抱着，

枕着双双的玉手，

伸长着腿安睡吧。

不要那样的着急吧，

八千矛尊神啊！

这事情就是这样的传说吧。”

因此这一夜里不曾会合，到了第二天的夜里，他们乃会合了。

四四　又这神的嫡后须势理毗卖很是嫉妒。夫君对此甚为忧虑，从出云国上大和国去，预备启行的时候，一只手按在马鞍上，一只脚踏在脚镫上，乃作歌道：

“射干色的衣服，

仔细的穿在身上，

水鸟似的鼓起胸脯来看，

---

〔31〕此处意云青山上的今日的太阳落下，即是说到了夜晚的意思。“漆黑的夜”原文云“射干似的夜”，射干的实色黑，诗歌上习惯以形容黑色的东西，下文黑色的衣服即以此为形容。

〔32〕原意云泡沫的雪似的年轻的胸脯，今译存大意。

拍拍翅膀也不合适，[33]
在水边脱下舍弃了。
翡翠色的青衣服，
仔细的穿在身上，
水鸟似的鼓起胸脯来看，
拍拍翅膀也不合适，
在水边脱下舍弃了。
把山田里种着的茜草舂了，
用染料的木汁所染的衣服，
仔细的穿在身上，
水鸟似的鼓起胸脯来看，
拍拍翅膀倒是合适了。
亲爱的我的妹子啊。
假如群飞的鸟似的群飞走了，
假如引走的鸟似的引走了，
你虽说是不哭，
恐怕是像山地的孤生茅草似的，
低下了头要哭了吧，
像朝雨的雾气的叹息了吧，
嫩草似的我的妻啊！

---

〔33〕用水鸟作比，水鸟挺着胸膛，像人着新衣时顾视珍惜的状态，又拍翅膀形容振袖，皆顾影自怜之意。

这事情就是这样的传说吧。”

四五　于是王后取了酒杯，走近了举起来，作歌道：
“八千矛尊神啊，
我的大国主神。
你到底是男子，
可以到各岛的角落，
可以到海岸的各处，
娶到嫩草似的妻子。
我因为是女人，
在你之外没有男子，
在你之外没有丈夫。
请你在低垂的锦帐底下，
柔软温暖的衾被底下，
白楮的衾被摩擦的声音里，
抱着柔雪似的酥胸，
用雪白的你的双腕，
互相拥抱着，
枕着双双的玉手，
伸长着腿安睡吧。
请你受这美酒的贡献吧。”

于是交互举杯，各以手搭其肩上，至今镇坐其地。这些歌名为神语的歌。[34]

五　世系

四六　此大国主神娶在胸形之奥津宫的多纪理毗卖命而生的儿子，名为阿迟暗高日子根神，其次是妹高比卖命，又名下光比卖命。此阿迟暗高日子根神，即今又称为迦毛大御神者是也。大国主神又娶神屋楯比卖命而生的儿子，名为事代主神。又娶八岛牟迟能神的女儿鸟耳神而生的儿子，名为鸟鸣海神。此神娶日名照额田毗道男伊许知迩神而生的儿子，名为国忍富神。此神娶苇那陀迦神又名八河江比卖而生的儿子，名为速瓮之多气佐波夜迟奴美神。此神娶天之瓮主神的女儿前玉比卖而生的儿子，名为瓮主日子神。此神娶淤加美神的女儿比那良志毗卖而生的儿子，名为多比理岐志麻流美神。此神娶比比罗木之其花麻豆美神的女儿活玉前玉比卖神而生的儿子，名为美吕浪神。此神娶敷山主神的女儿青沼马沼押比卖而生的儿子，名为布忍富鸟鸣海神。此神娶若昼女神而生的儿子，名为天日腹大科度美神。此神娶天狭雾神的女儿远津待根神而生的儿子，名为远津山岬多良斯神。

从八岛士奴美神以下，至远津山岬多良斯神，称为十七世的神。

---

〔34〕神语者神代传说的故事，即是讲神话的歌谣。

六　少名毗古那神

四七　大国主神在出云的御大之御崎的时候，从浪花上有神人乘了雀瓢的船，[35]穿着整个剥下的蛾皮的衣服，到了那里。问他名字，并不回答，寻问跟从的众神，也没有人知道。其时有癞蛤蟆说道：

“若是去问久延毗古，必定可以知道。”就叫久延毗古来问时，他答说道：

“这是神产巢日御祖命的儿子，少名毗古那神是也。”[36]于是走去告诉神产巢日御祖命，答说：

“这实在是我的儿子，在儿子的中间，乃是从我手指间漏出去的。同你苇原色许男命可以成为兄弟，把国土建设完成吧。”自此以后，大穴牟迟命同少名毗古那命两位尊神，相并建设了国土。然后那个少名毗古那命便渡到海那边去了。至于那说明少名

---

〔35〕“雀瓢”原文云“萝摩”，《诗草木疏》云，芄兰一名萝摩，幽州人谓之雀瓢。雀瓢盖谓所结之荚。焦循云，田野间所谓麻雀棺者，蔓生，叶长二寸，实状如秋葵实而软，霜枯后破内盈绒絮。此言取雀瓢作船，蛾皮为衣，皆极言细小。

〔36〕少名毗古那，《日本书纪》作“少彦名”，注疏云：“身形短小，故得此名。”其生产的由来，据母神说，系从手指间漏了下来，《日本书纪》据一书传说，云在淡岛由粟茎弹力，遂至海外，甚似民间故事中小人国的传说。

毗古那命的来源的久延毗古，那就是现今所说的案山子。[37]这位神道脚虽然不能走，可是天下的事情却都能够知道。

七　御诸山之神

四八　于是大国主神心里忧愁，说道：

“我一个人怎么能够建设这国土呢？有什么神道能同我一起建设起来呢？”这时候有光照海上，走近来的一位神道，说道：

“对我好好的照应，我就一起建设吧。若是不然，国土难以成就。”于是大国主神说道：

“那么，要哪样照应呢？”回答说道：

“把我在围绕着大和国青山的东山上边，奉祀着吧。”这就是御诸山之神是也。

八　大年神的世系

四九　大年神娶神活须毗神的女儿伊怒比卖而生的儿子，名为大国御魂神，其次韩神，其次曾富理神，其次向日神，其次圣神，凡五尊。又娶香用比卖而生的儿子，名为大香山户臣

---

〔37〕案山子乃是山田中用以吓唬鸟类的草人，久延原义朽腐，毗古者男子美称，义取草人日久为风雨所蚀，犹下文案山子原语“曾富腾”，亦取意于雨淋也。

神，其次御年神，凡二尊。又娶天知迦流美豆比卖而生的儿子，名为奥津日子神，其次奥津比卖命，亦名大户比卖神。此即诸人所祀的灶神是也。其次大山咋神，又名山末之大主神。此神在近淡海国的日枝山，亦在葛野的松尾，所谓鸣镝神是也。其次庭津日神，其次阿须波神，其次波比岐神，其次香山户臣神，其次羽山户神，其次庭高津日神，其次大土神，又名土之御祖神，凡九尊。

以上自大年神的儿子大国御魂神至大土神，合计十六神。

羽山户神娶大气都比卖而生的儿子，名为若山咋神，其次若年神，其次妹若沙那卖神，其次弥豆麻岐神，其次夏高津日神，又名夏之卖神，其次秋比卖神，其次久久年神，其次久久纪若室葛根神。

以上自羽山户神的儿子若山咋神至若室葛根神，合计共八神。

五　天照大御神与大国主神

一　天若日子

五〇　依照天照大御神命令说：

“苇原的千秋万岁的水穗之国，[38]是我的儿子正胜吾胜胜速日天忍穗耳命所统治的国土。”天忍穗耳命遂由天上降下了。天忍穗耳命在天之浮桥上站着，说道：

“苇原的千秋万岁的水穗之国里吵闹得很哩！”于是回去，告知了天照大御神。乃以高御产巢日神和天照大御神的命令，在天安河的河边，召集众神，命思金神思虑这件事，说道：

“这个苇原的中国是规定给我的儿子统治的国土，但是现在这地方，有许多妄逞暴威的土著的神们，叫哪个神去平定才好呢？”于是思金神及众神聚议，说道：

“叫天菩比神去吧。”于是就叫天菩比神下去，但是他谄媚附和大国主神，至于三年以后不来复奏。

---

〔38〕“水穗之国”意谓因农业而永远繁荣，故云千秋万岁，原语云“千秋长五百秋”。

五一　以是高御产巢日神，天照大御神又问询诸神道：

“差遣到苇原的中国去的天菩比神久不复奏，再遣哪个神去才好呢？”于是思金神答道：

“叫天津国玉神的儿子天若日子去吧。”遂以天之灵鹿弓及天之大羽箭赐天若日子，叫他下去。天若日子既至其地，乃娶大国主神的女儿下照比卖，想获得那国土，至于八年之久，不来复奏。于是天照大御神与高御产巢日神又问诸神道：

“天若日子久不复奏，差遣哪一个神去，查问天若日子淹留的情由呢？”诸神及思金神回答道：

“差遣雉名鸣女去好了。”大神乃命令雉名鸣女道：

“你可去问天若日子，叫你到苇原的中国的理由，是在平服那国里的乱暴的神们，你为什么至今八年，还不复奏。叫他回答吧。”

五二　于是雉名鸣女从天下降，住于天若日子的门口的香桂树上，仔细把天神的命令传达给他。这里天之佐具卖[39]听了这鸟的说话，乃对天若日子说道：

“此鸟鸣声甚恶，把它射死了吧！”天若日子即取天神所赐的灵鹿弓与大羽箭，射杀那雉。其箭从雉鸡的胸膛通过，倒射上去，直到天照大御神与高木神所在的天安河的河边。此高

〔39〕天佐具卖据注疏云天若日子的侍婢，《日本书纪》作“天探女”，意谓能探知人心，告知主人。

木神者，即高御产巢日神之别名也。高木神乃拿这箭来看，箭的羽毛有血凝结着。于是高木神乃说道：

“这箭是赐给天若日子的箭。”乃示诸神说道：

“如或天若日子依着命令，射那恶神的箭来到这里，当不射着天若日子。假如他有邪心，那么天若日子当死于此箭。”遂拿起箭来，从那个箭眼〔40〕里送下这枝箭去。天若日子正睡在胡床上，正中在胸膛，遂死去了。此还箭可怕的由来。那个雉鸡也不归还，今俗谚有雉鸡的使者一去不还，所由来也。

五三　天若日子的妻子下照比卖的哭声乘风到了天上。于是在天上的天若日子的父亲天津国玉神和天若日子原来的妻子听到了，都降到地上，共来悲哭，乃在其地建立丧家，命河雁当给死人运食物的人，鹭鸶持帚扫地，翠鸟做庖人，麻雀舂米，雉鸡做悲哭的女人，〔41〕这样规定了，凡八日八夜作乐送葬。此时阿迟志贵高日子根神到来，吊天若日子的丧的时候，从天上下来的天若日子的父亲，还有他自己的妻子都哭了起来，说道：

“我的儿子并没有死。”

---

〔40〕这是假定天上地下有一层东西隔着，所以箭从底下射上来，有这么一个箭眼，如今便再从这地方送下原来的地方去。俗语有还箭可怕之说，就是说射人的箭还射过来，正中自己。

〔41〕这里用鸟类当治丧人，正是从民间故事来的。雁常下河边求食，故令运食物，鹭因头顶上有毛如帚，故扫地，翠鸟善捕鱼，雀啄食如舂米，雉高鸣如哭，古代有哭女，专管送葬时号哭的事。

“我的丈夫并没有死。”

抓住了他的手和脚，这样的哭了。其所以弄错了原因，盖此位神道的姿容很是相似，所以弄错了。

五四　于是阿迟志贵高日子根神大为愤怒，说道：

“我因为是亲爱的朋友，所以走来吊问，为什么把我去与秽恶的死人相比呢？”于是拔出所佩的十握的剑，将丧家砍倒，用脚踹坏，走了去了。这就是美浓国的蓝见河上的丧山。所拿的大刀称作大量，亦叫作神度剑。阿迟志贵高日子根神愤怒飞去的时候，他的妹子下照比卖为得显扬他的名号，作歌云：

“天界的年轻的织女，
挂在项颈里的玉串，
像玉串里的珠子似的，
两个山谷一跳就过去，
那是阿迟志贵高日子根的神啊！”

此歌乃所谓夷曲〔42〕是也。

〔42〕“夷曲”原语云“夷振”，指曲调的名称，此盖雅乐寮的称号，混入本文。

二　让国

五五　于是天照大御神说道：

“现在再遣哪个神去好呢？”于是思金神及诸神回答道：

“住在天安河上的天石屋的，名叫天之尾羽张神，可以遣往。若非此神，则此神的儿子建御雷神可遣。天之尾羽张神将天安河水逆上，堵塞道路，故他神不得成行。故特别可遣天迦久神去问他。”乃使天迦久神往问天之尾羽张神的时候，回答说道：

“谨奉命，但可遣我的儿子建御雷神去吧。”于是乃命天鸟船神为建御雷神的副使，遣往下界。

五六　以是此二位尊神降于出云国伊那佐之小滨，拔出十握的剑，倒插在浪花之上，在剑锋上跏趺而坐，问大国主神道：

“我们以天照大御神和高木神的命令前来问你来的。你所领有的苇原的中国，原来是归我的儿子所统治的而赐给的。你的意思怎么样？”大国主神回答说道：

“我没有什么说的。我的儿子八重言代主神当代作回答，但是他因为猎取鱼鸟，往御大之崎去了，还未回来。”乃遣天鸟船神去，把八重言代主神叫来问，八重言代主神对他的父神说道：

“将此国土谨奉还给天神的御子吧。”于是即将船蹈沉，向下拍手，作成神篱，便隐去了。[43]

五七　乃问大国主神道：

“现在你的儿子八重言代主神这样地说了，还有要说话的儿子吗？”回答说道：

“还有我的儿子建御名方神，除此以外没有了。”正说着的时候，建御名方神手里擎着一块大石头，走了来了，说道：

“这是谁呀，到我国里来偷偷的这样说话的？那么，来比较气力吧。我先来抓他的手。”便去抓建御雷神的手，那手立即变得像冰柱一样，又像剑刃一样，建御名方神恐慌得退走了。建御雷神随后再来抓建御名方神的手，像嫩芦苇一般，捏碎丢开，建御名方神随即逃走。建御雷神追去，到了科野国的洲羽海，将要杀了他的时候，建御名方神说道：

“惶恐之至，请你别杀我吧！我除此地以外，不再到别处去。我不违背我的父亲大国主神的命令，也不违反八重言代主神的话。把这个苇原的中国顺从命令，献奉给天神的御子吧。”

---

〔43〕“向下拍手”原文云“天逆手”，解说不一，今依本居宣长本说，解作与平时的拍手（作为敬礼）相反，以手掌向下，于咒愿时用之。“神篱”原文云“青柴垣”，谓以青叶之柴所造之垣，用于祭祀时，即所谓神篱也。化而为神，不复显现，故称曰隐，即上文所称隐身之神。

五八　乃再回来，问大国主神道：

“你的儿子八重言代主神与建御名方神二神，都已说顺从天神的御子的命令了。你的心里怎么样呢？”回答说道：

“我也依照我的儿子二神所说，没有违背。这苇原的中国就顺从命令，献了上去吧。但是我的住所，要像天神之御子即位时所坐的宏壮的宫殿那样，在大磐石上面立了大柱，向着高空竖起栋梁，这样建造了，我就在那里一百个不足，〔44〕也有八十个的曲曲弯弯的地方，可以隐居了吧。我的儿子百八十神〔45〕也就以八重言代主神为先导，前去服务，那么不顺从的神未必有了。”这样说了，〔乃即隐去。随即依照所说，〕〔46〕在出云国的多艺志的小滨，建造壮丽的宫殿，命水户神的子孙栉八玉神为膳夫，献上神馔时致祷，栉八玉神化作鸬鹚，钻到海里，衔出海底的黏土来，制成许多的陶器，又取海带的柄以为燧臼，取海莼的柄以为燧杵，钻出火来，唱说道：

---

〔44〕“一百个不足”为下文八十之形容词，（术语名为枕词，谓犹用枕头，）其实连这“八十个”亦是虚拟，无非极言其多。

〔45〕据《日本书纪》所记一说：“大国主神，其子凡有一百八十一神。”所谓一百八十一，或是一百八十，亦只是形容其多，不能说是实数。

〔46〕此处有缺文，今据本居宣长本假定，补此一句。

“我所作的火，在高天原神产巢日神的富足新建的厨房[47]里烧着，烧的凝烟有八握那么长，在地下将海底岩石烧得坚固，用了千寻的楮绳，伸长了垂钓的海人，哗啦哗啦的拉大口小鳍的鲈鱼来，压得竹儿都弯曲的，将鱼菜献上吧。”[48]这样建御雷神乃回到天上，复奉苇原的中国已经归顺平定了。

---

〔47〕此处说火，故说及神的厨房，因为烧火长久，所以垂烟甚长，但上文大国主神要求立庙时，也说要像天之御子即位时所坐的“富足新建的厨房”，因意义不属，所以改译作“壮丽的宫殿”了。

〔48〕“鱼菜”原文云“天之真鱼咋”，因珍重鱼类，故称之曰真鱼，天者美称。此盖是祭祀祝词之一节。

六　迩迩艺命

一　天降

五九　尔时天照大御神及高木神乃谕太子正胜吾胜胜速日天忍穗耳命，说道：

“现今苇原的中国说已平定完毕了，所以可依照以前的命令，下去统治吧。”于是太子正胜吾胜胜速日天忍穗耳命回答道：

“我正准备着下降的时候，生了一个儿子。其名为天迩岐志国迩岐志天津日高日子番能迩迩艺命。就把这个儿子降下去吧。”这个御子是忍穗耳命与高木神的女儿万幡丰秋津师比卖命会合而生的天火明命，其次便是日子番能迩迩艺命，凡二尊。这样说了，以是乃命日子番能迩迩艺命道：

“苇原的中国是你所该统治的国土，以这个命令的缘故，可即从天下降。”

六〇　尔时日子番能迩迩艺命正要下降的时候，在天上的岔路，光照上至高天原，下至苇原的中国的一位神道站着。于是天照大御神和高木神命令天宇受卖神道：

“你虽然是荏弱的女人，可是你是对着众神不会退缩的神。

所以专遣你去查问，现今我的御子正要下降，是谁在那路上这样站着的？”这样问了，回答说道：

“我乃本地神猿田毗古神是也。所以出来的缘故，因为听说天神的御子从天下降，故前来引导，在此迎接的。”

六一　于是天儿屋命，布刀玉命，天宇受卖命，伊斯许理度卖命，玉祖命，共五部族的神，各有职司，一同从天上降了下来。先前在天之岩户前面迎接过天照大御神[49]的八尺勾玉，神镜以及草薙之剑，并以常世思金神，手力男神，天石户别神为副赐给他，对他说道：

“这镜子算是我的魂灵，要照祭我的那样祭祀它。其次思金神，应为我处理一切，摄行政事。”[50]乃奉祀二神于裂钏之五十铃河之宫。其次天石户别神，又名栉石窗神，亦名丰石窗神，此神乃御门之神也。其次手力男神在于佐那县地方。这天儿屋命为中臣连等的祖先，布刀玉命为忌部首等的祖先，天宇受卖命为猿女君等的祖先，伊斯许理度卖命为镜作连等的祖先，玉祖命为玉祖连等的祖先。

六二　于是天津日高日子番能迩迩艺命乃离开天的座位，分

〔49〕见上文第二八节。

〔50〕或说此处指天孙而言，今依本居宣长说，解作天照大御神自己，盖思金神摄行政事，系代大神处理，并非协助天孙。

开丛云，威势堂堂地走来，从天之浮桥上，下到浮洲，站在上边，遂降至筑紫日向的高千穗灵峰上了。尔时天忍日命与天津久米命二人背了石头的箭筒，佩了柄头如椎的大刀，拿着天之灵鹿弓及天之大羽箭，立于左右。天忍日命为大伴连等的祖先，天津久米命为久米直等的祖先。于是觅地至于笠沙之御崎，迩迩艺命说道：

“此地向着空地，[51]朝日直射，夕阳所照的国土。故此处乃十分吉祥之地。”遂于岩石立壮大的宫柱，盖起栋梁直耸入云霄的宫殿。

二　猿女君

六三　于是迩迩艺命命令天宇受卖命道：

“这个来做向导的猿田毗古大神，也仍由介绍他来的你，送他回去吧。又其神的名字，亦由你承受了下来。”以是猿女君等继承了猿田毗古的男神的名号，女人称作猿女君云。这个猿田毗古神在阿邪诃地方的时候，下海捕鱼，手给日月贝衔住了，沉到海里去了。沉到海底的时候，他的名字是到底御魂，在海水粒粒起泡的时候，名字是起泡御魂，到了水泡破了，名字是

〔51〕原文“韩国”，但非指今之朝鲜，当如《日本书纪》作空国解，言不毛之地。

泡破御魂。[52]天宇受卖命送走猿田毗古神回来了，乃悉聚集广鳍狭鳍各种鱼类，问它们道：

“你们肯给天神的御子服务吗？”种种的鱼都说：

“我们给服务。”惟有海参不说话。天宇受卖命乃对海参说道：

“你这个嘴，是不会回答的嘴吗？”便用怀剑把它的嘴拆裂了。所以现今海参的嘴都是裂开的。以此后世志摩地方有鱼类进贡的时候，就分给猿女君等。

三　木花之佐久夜比卖

六四　于是天津日高日子番能迩迩艺命在笠沙之御崎，遇见一个艳丽的美人，问她道：

“是谁家的女儿呀？”答说道：

“我乃大山津见神的女儿，名为神阿多都比卖，又名木花之佐久夜比卖。”又问道：

“你有姊妹吗？”答说道：

“我有一个阿姊，名为石长比卖。”迩迩艺命问道：

“我要和你结婚，你觉得怎样呢？”答说道：

“我没有什么说的。这要对我的父亲大山津见神说才好。”

---

〔52〕这里夹叙猿田毗古神溺海的故事，不知何意，大约因为是民间通行的一种传说，所以附带提及，其因事定名也颇为滑稽，是传说的一种特色吧。

乃往求其父大山津见神，大山津见神非常欢喜，将其姊石长比卖为副，并持百台礼物，奉献上来。但是其姊生得很是丑恶，看了可怕，遂即送还了，只留下她的妹子木花之佐久夜比卖，共睡了一夜。尔时大山津见神因为送还石长比卖，大以为耻辱，因说道：

“我将两个女儿一并送奉的理由是，假如使用了石长比卖，那么天神的御子的寿命，虽经雨淋风吹，却永久像石头一样坚固不动。但如使用了木花之佐久夜比卖，将如木花之荣华那样繁荣一时，[53]这样立了誓言，进献了的。今将石长比卖送还，只留下木花之佐久夜比卖，那么天神的御子的寿命也将如木花的脆弱吧。”这样说了，到今日为止，天皇的寿命都是不长的。

六五　如此之后，木花之佐久夜比卖出来说道：

“我怀孕了，现在到了临产的时候。这是天神的御子，不好随便的生产，故来请教。”于是迩迩艺命说道：

“佐久夜比卖啊，说一夜就受孕了，这不是我的儿子，必定是国神的儿子吧。”[54]回答说道：

“我所怀孕的儿子，若是国神的儿子，生产的时候便没有好事情。但若是天神的儿子，当有好运。”乃作没有门户的八

---

〔53〕木花之佐久夜比卖意云树花开也，比卖本系“日女”，写作媛或姬。此系古代用名字占卜的遗风。

〔54〕《日本书纪》云：“虽复天神，何能一夜之间，令人有孕乎。”又另据一书云：“我知本是吾儿，但一夜而有身，虑有疑者，欲使众人皆知是吾儿，并亦天神能令一夜有孕。”盖是后起的说明。

寻殿，走进殿里去后悉用黏土糊好，又当生产的时候，把殿里放起火来，生下儿子。[55]正当火盛烧着时所生的儿子，名为火照命，为隼人阿多君的祖先。其次所生的儿了，名为火须势理命。其次所生的儿子，名为火远理命，又名天津日高日子穗穗手见命，凡三位。

---

〔55〕无门的殿盖是古代的产室，当临产时别作小房，严密封闭，忌血污触犯神灵人畜。放火烧屋，此处是一种誓言的证明，但实际亦本于习俗，产时多设庭燎，以驱邪气，在生产后则将产室一切悉付火焚。

七　日子穗穗手见命

一　海幸与山幸

六六　火照命是海佐知毗古，取广鳍狭鳍各种鱼类，火远理命是山佐知毗古，取粗毛柔毛各种鸟兽。[56]尔时火远理命对其兄火照命说道：

“我们各自将器具交换了用吧。”请求了三遍，终于不许，但是到了后来好容易才答应换用了。于是火远理命拿了钓鱼的器具去钓鱼，可是连一条鱼也没有得到，而且把那钓钩也失落在海里了。于是其兄火照命要还他的钓钩，说道：

“山幸是自己的幸运，海幸也是自己的幸运，现在还是各自把幸运归还了吧。”其弟火远理命说道：

“用你的钩去钓鱼，得不到一条鱼，终于失掉在海里了。”其兄还是强要赔还，所以其弟把所佩的十握的剑破了，做了五百个钩赔了，但是不肯收受，做一千个钩赔他，也不收受。说道：

---

〔56〕山佐知毗古即是山幸彦，海佐知毗古即是海幸彦也，谓对于山海各有幸运，入山善于取得柔毛粗毛各物，下海取得广鳍狭鳍各物，是民间故事所常有的一节，但此所谓海幸乃寄托在一个钩上，山幸所凭何物，讫未明言。

“我只要原来的钓钩。”

六七　于是其弟在海边悲泣，其时盐椎神走来问道：

“尊贵的日之御子，你这样悲泣的是为什么缘由呢？”回答道：

“我同阿兄换了钓钩，却把那钩失掉了。他要还钩，我虽然赔了他许多钓钩，他都不收，说要他原来的钩。所以悲泣的。”尔时盐椎神说道：

“我将替你设法吧。”即为无缝竹笼的小船，[57]把他放在船上，并教他道：

“我把船推走，暂时这样的去吧。那里有很好的一条路，顺着这路走去，有鱼鳞似的造成的宫殿，是即绵津见神之宫。到了那神的门前，在旁边井上有一棵枝叶繁茂的香木。可在树上坐着，海神的女儿看见了。会计议什么办法的。”

六八　依着所教走去，具如所言，即登香木而坐。尔时海神的女儿丰玉比卖的侍婢拿着玉杯，出来汲水的时候，井里有光照着。仰起头来看，有一个美丽的壮夫。侍婢甚以为希奇。火远理命看见那侍婢，便请求道：

“请给我一点水吧。”侍婢乃取水，放玉杯内，送给了他。

---

〔57〕“无缝竹笼”在《日本书纪》写作“无目笼”，本系用竹密编，外蒙兽皮，防水的侵入，盖古代原始的船舶，今用于神话上，故遂云竹笼耳。

火远理命却不喝水，从项颈上边解下系着的一块玉，衔在嘴里，吐到玉杯里去。于是这玉便附着在杯里，侍婢拿不下来，遂连玉附着一并送给丰玉比卖了。丰玉比卖见玉，乃问侍婢道：

“门外有人吗？”答道：

“在我们井上香木之上，有人坐着，甚是美丽的壮夫，比我们的王更是高贵。其人乞水，因奉上给水，却不喝水，将此玉吐在里边了。因为拿不下来，故放在里面拿来献上了。”尔时丰玉比卖甚以为奇，出来看了觉得佩服，告诉她的父亲道：

“在我们的门口有壮丽的人。”海神乃自己出来看了道：

“此人乃高贵的日之御子是也。”即带领他进内，以海驴的皮八张为垫褥，上面再加绢的垫子八枚，坐在上边，并持百台礼物，大设宴飨，随即将其女儿丰玉比卖婚配给他了。这样留住那国里，有三年之久。

六九　于是火远理命想起当初的事来，乃发出一个大声的叹息。丰玉比卖听见叹声，乃去告诉她的父亲说道：

“他在这里住了三年，不曾叹息过，今夜却发出大的叹声，不知道有什么原因。”其父神乃问其婿道：

“今晨听我的女儿说，你在这里住了三年，不曾叹息过，今夜却发出大的叹声，不知道有什么原因。又你到此地来的理由，也是为什么呢？”于是火远理命将其兄追求所失的钓钩的事情，详细地告诉了大神。以是海神乃悉召集海里大小鱼类，问它们道：

“有哪个鱼取了这钓钩的吗？”诸鱼答道：

“近来只有大头鱼[58]说喉里有东西鲠住，不能吃东西，在那里发愁，一定是取了这钩了吧。”于是乃探大头鱼的喉咙，钩在那里，即取了出来，洗干净了，交给火远理命。其时绵津见大神告诉他道：

“把这钩还给乃兄的时候，说道：‘烦恼钩，着急钩，贫穷钩，愚钝钩！’从背后伸手过去递给他。[59]如是则乃兄种高田时，你可种低田，如乃兄种低田时，你便可种高田。这样办了，我掌管着雨水，三年之间必使乃兄贫穷。假如因此怀着怨恨，对你攻击过来，可取出满潮珠来，使他陷溺，但若是悲叹请求，即用干潮珠救他，就这样的使他受苦用作惩罚。”说着拿出满潮干潮二珠交给他，乃悉召集众鳄鱼问道：

“今有高贵的日之御子要到上界去，你们要几天可以送到，可各复奏。”于是各自随其身子的长短，定了日子的多少，说了出来，其中有身长一寻的鳄鱼说道：

“我可以一天里送到，随即回来。”乃对一寻的鳄鱼命令道：

“那么，就由你送去吧。但过海的时候，别叫他受惊。”

---

〔58〕“大头鱼”原文云“赤海鲫鱼”，查《倭名类聚抄》有海鲫鱼，训作黑鲷，故赤海鲫鱼即是赤鲷，俗名大头鱼者是也。

〔59〕“背后伸手过去递给他”表示以厌恶的东西与人，第一七节中叙伊耶那岐命从黄泉国逃出，为鬼军所追，亦以十握之剑向后面且挥且走。

随即让他坐在鳄鱼的项颈上，送了他出去。果然如此，在一日里送到了。火远理命在这鳄鱼将要回去的时候，解下所佩的有纽的小刀，挂在它的颈上才放它去，所以一寻的鳄鱼现今称作佐比持神。[60]

七〇　以是一切如海神所教，把钓钩还了他。自此以后更加贫穷了，乃起了恶心，攻击过来。攻来的时候，拿出满潮珠来，使他陷溺，乃至悲叹请求，即用干潮珠救他。就这样使他受苦用作惩罚，叩道说道：

“我从今以后，昼夜当作你的卫兵，给你服务吧。”所以直至今日，〔隼人〕演当时陷溺中状态，以为职业。[61]

二　丰玉比卖

七一　于是海神的女儿丰玉比卖自己出来，说道：

“我已经怀孕了，现今到了临产的时候。想起来此乃是天

---

〔60〕佐比持神意云持有佐比的神，佐比在《日本书纪》上写作“暗”字，但实系锋刃之义。

〔61〕隼人属于卫门府隼人司，警护宫廷，故文中称卫兵，又隼人于大尝祭时奏隼人舞，亦以此为缘起。《日本书纪》一书记其情状云：

“于是兄着犊鼻，以赭涂掌涂面，告其弟曰，吾污身如此，永为汝俳优者。乃举足踏行，学其溺苦之状，初潮渍足时则为足占，至膝时则举足，至股时则走迴，至腰时则扪腰，至腋时则置手于胸，至颈时则举手飘掌，自及今曾无废绝。”（原系汉文）

神的御子，不好在海里边生产，所以出来了。”乃在海边波浪边里造起产室来，用鸬鹚的羽毛当作盖房的草。在屋顶还未盖好的时候，肚里已经再也忍不住了，于是便进了产室里去。在将要生产的时候，告诉丈夫说道：

“凡他国的人在生产的时候，必定要变成本国的形状才能生产。所以我也想变成本身去生产，请你千万不要看我。”日子穗穗手见命听了这说话觉得希奇，于是等她正在生产的时候，偷偷的张看，只见她变成有八寻长的鳄鱼，蜿蜒爬着，〔62〕乃出惊退避了。尔时丰玉比卖知道被火远理命所窥见了，以为很是耻辱，所以把儿子生下就不管，说道：

“我本来原想由海道通着，常常往来，现在窥见了我的原形，这是很可羞的。”随即将海道堵塞，走回去了。所生的儿子的名字，叫作天津日高日子波限建鹈葺草葺不合命。〔63〕

七二　丰玉比卖虽是因为被窥见了，很是怨恨，但是心里也不能忘情，为的养育儿子，便将妹子玉依比卖送给了他，且附送一首歌去：

---

〔62〕《日本书纪》云：“丰玉姬方产，化为龙。”本文乃云是鳄鱼，见注〔23〕，俗云异类变化为人，于生产时必复原形，原文云“他国的人”，盖是文饰之词。又禁止某一种言动，破坏者必有不幸，此亦是民间故事常用的手段。

〔63〕波限建鹈葺草葺不合命，意云海边建造产室，鹭鸶羽毛葺屋顶，尚未葺合。鹈至今日本训为鹭鸶，据《倭名类聚抄》引“辨色立成”云，“大曰鹭鸶，小曰鹈鹕”，盖其讹相沿已久。

“红玉连那穗子都发光，

但是像白玉似的我君的

姿容是高贵的啊！”

尔时夫君乃作答歌云：

“水鸟的野鸭所降的岛上，

我的同寝的妻终不能忘记，

直到一生的终了。”〔64〕

这个日子穗穗手见命在高千穗宫里坐了五百八十年，御陵即在高千穗的山的西边。

七三　此天津日高日子波限建鹈葺草葺不合命娶其姨玉依比卖而生的儿子，名为五濑命，其次稻冰命，其次御毛沼命，其次若御毛沼命，又名丰御毛沼命，亦名神倭伊波礼毗古命，凡四位。御毛沼命足踏浪花，而至外国，稻冰命则人于海原，而赴母亲的国土了。

---

〔64〕此歌以红玉比其子，白玉比其夫，更是可贵。第二首亦是留恋故妻的意思，水鸟的野鸭所降落乃是岛的形容词，水鸟的又是野鸭的形容，并无多大意思，不过是古代言语的一种修饰罢了。

卷中

一　神武天皇

一　东征

七四　神倭伊波礼毗古命（神武天皇）〔1〕同其兄五濑命二人，在高千穗之宫，商议道：

“住在什么地方，才可以使天下太平呢？还是要往东方方面去才行吧。”即从日向出发，前往筑紫。在到了丰国的宇沙的时候，其地居人有名宇沙都比古，宇沙都比卖者二人，造作一所一足腾宫，〔2〕加以宴飨。便从那里迁移，在筑紫的冈田宫住了一年。再从那里上去，在阿岐国的多祁理宫住了七年。再从那里上去，在吉备的高岛宫住了八年。

---

〔1〕原本所无，今因便于查考，故特附人。此种谥号系模仿汉族文化而设，自大化革新，始有年号，始于公元六四五年，至文武天皇大宝二年（七〇二）命藤原不比等颁律令，撰定历代天皇谥法。《古事记》成于和铜五年（七一二），已在定谥号之后，但《古事记》中不曾使用。

〔2〕“一足腾宫”据本居宣长说，乃一边临宇沙川岸边，以一柱立于河中，建设而成。但一说又云，此系一跃可上，没有台阶的简单的宫室，又一说则据《日本书纪》云，“一柱腾宫”，谓以一根柱子为中心，四面屋脊下垂，一种极简素的小房子。

二　速吸之门

七五　尔时从那地方上去的时候，有人乘龟甲垂钓，振羽而来，遇于速吸之门。[3]乃呼而问道：

“你是什么人？”答道：

“我乃是本地的神，名为宇豆毗古。”[4]又问道：

“你知道海路么？”答道：

“知道得很清楚。”又问他道：

“那么，你能给我做向导么？”答道：

“我当从命。”于是即以竹篙渡过去，引入御舟，赐号为槁根津日子。[5]是为倭国造等的先祖。

三　五濑命

七六　从那地方上去的时候，经过浪速之渡，停泊于青云之白肩津。尔时登美的那贺须泥毗古[6]兴兵以待，乃交战，取

---

〔3〕“速吸之门”据本居宣长说，即伊豫丰后间的海峡，其地潮流迅疾，故有是称。“龟甲”者盖古代刳木为舟，形似龟壳。“振羽”谓振两袖，意示招呼，或又说盖指帆，状如鸟羽。

〔4〕此一句为原本所无，但《日本书纪》有之，写作“珍彦”，读仍作宇豆毗古，今据补入。

〔5〕“槁”即上文“竹篙”字，今北京犹名杉木之细者曰杪槁。

〔6〕那贺须泥毗古《日本书纪》写作“长髓彦”，即谓长胫。上古史上记反抗日本的人，多有异形，如下文有“土蜘蛛”及“生尾人”之类，亦恶名之一种也。

御舟中的楯牌下来，故其地称作楯津，今日犹叫作日下之蓼津也。[7]于是与那贺须泥毗古交战的时候，五濑命的手被登美毗古[8]的箭射伤甚重。五濑命说道：

“我乃日神之御子，今向日而战，不祥，故为贱奴所伤。自今以后当迂回过去，背了日光，予以一击吧。”这样说了，便转到南方去，到了血沼海，即在这里洗手，故名血沼海。又从那地方回转过去，到了纪国的男之水门，说道：

“我为贱奴所伤，乃至命终了吗？”雄武的叫着，即升遐了。[9]故其水门称作男之水门。陵就在纪国的灶山。

四　从熊野到宇陀

七七　神倭伊波礼毗古命从那地方转过来，到了熊野村的时候，有很大的熊朦胧的出现，就即不见了。于是神倭伊波礼毗古命忽然昏睡，军人也同时昏倒了。其时有一个名为熊野之高仓下的人，拿了一把大刀，来到天神之御子躺着的地方，将刀献上来的时候，天神之御子忽然醒寤，说道：

---

〔7〕蓼津训读与楯津相同，借下楯的故事，说明蓼津的起原。

〔8〕登美系地名，登美毗古为那贺须泥毗古的别称，盖原系登美地方的首领。

〔9〕汉文写作“崩”，训读为“神升”，盖言成为神而上升，“升遐”虽是古语，取其意义相符，故取用之。“雄武的”原文作“男健”，故下文与“男之水门”有关。

"好像睡得很久了吧。"便收下那把大刀，其时熊野山的凶神悉皆自然被斩倒地，于是昏倒的军人也悉醒寤了。天神之御子乃问其获得此大刀的缘由，高仓下答说道：

"自己梦见天照大御神与高木神二位，以命令召建御雷神云，苇原的中国近来很吵闹，我的儿子们似乎很不安。那苇原的中国是你平定的，所以还是你建御雷神降下去吧。尔时答曰，我不降下去，有其时平定那国土的大刀，给降下去就好了。（此刀名为佐士布都神，又名瓮布都神，亦名布都御魂。此刀在于石上神宫。）降下此刀之法，穿过高仓下的仓顶，叫它堕进里边去。[10]次日早晨醒时，可持以献于天神之御子。这样说了，我就如梦里所教，早上一看自己的仓里，果然有一把大刀在那里。所以把这大刀来献的。"

七八　于是又以高木大神的命令，示梦说道：[11]

"天神之御子，你莫进入此地的里边去。那里凶神很多。

〔10〕据本居宣长《古事记传》，此处有脱文，需要补入"故建御雷神教曰，穿汝之仓顶，以此刀堕入"，凡十七字。然此十七字不补，义亦可通，或主张尊重原文，今从之。

〔11〕次田氏谓此亦梦中所示，似较可信，因高木神不曾直接有所启示也。

现今从天上当派遣八咫乌[12]下去。这八咫乌当为向导，可跟在后边进去。”因如所教，随着八咫乌的后边往前进去，到了吉野河的下流的时候，有人拿了鱼篓[13]，在那里捕鱼。尔时天神之御子问道：

“你是什么人呀？”答道：

“我乃本地的神，名叫贽持之子是也。”[14]（是为阿陀之鹈养之祖先。）从那地方前进，有尾的人从井里出来，其井有光。乃问道：

“你是什么人呀？”答道：

“我乃本地的神，名为井冰鹿。”（此吉野首等的祖先。）即从那里进山里去，又遇见有尾的人，此人分开岩石，走了出来。乃问道：

“你是什么人呀？”答道：

---

〔12〕八咫乌的解释不一，或谓有八个头，此非怪物，疑非是。《古事记序》中有“大乌导于吉野”，只是指乌之大者，第二八节“八尺镜”亦作“八咫镜”，亦是说大镜罢了。乌背日而飞，常从山地飞向平地，以是习性遂被认为日神的使者，为人向导。

〔13〕“鱼篓”原文作“筌”，系古汉文，惟今已不通用，《庄子》云：“筌者所以得鱼，得鱼而忘筌。”

〔14〕“贽持之子”义云执贽的人，《日本书纪》写作“苞苴担”，苞苴注云“裹鱼肉也”。此盖为神之御子送鱼乌之类前来，故即以为姓氏。“鹈养”即是养鹈鹕以捕鱼的人。

“我乃本地的神，名为石押分之子。[15]今闻天神之御子来了，故迎接来了。”（此吉野之国巢的祖先。）从此地穿越山坂，乃至于宇陀，因此乃名曰宇陀之穿。[16]

五　久米歌

七九　尔时在宇陀有兄宇迦斯与弟宇迦斯二人。其先派遣八咫乌去，对二人说道：

“天神的御子到来了。你们愿意服务吗？”但是兄宇迦斯却拿了鸣镝，把他射回来了。以是鸣镝落下的地方叫作诃夫罗前。[17]想要邀击，于是聚集军队，可是聚集不起来，乃装作服务的样子，造了一所殿，在殿里设上陷坑等待着。其时弟宇迦斯先出来了。拜白道：

“我的哥哥兄宇迦斯把天神的御子的使者射了回去，想要邀击，聚集军队不来，作了一殿，在殿内设上陷坑等待着。因此出来，特将这事禀告。”于是大伴连等的祖先道臣命和久米直等的祖先大久米命即叫兄宇迦斯来，骂道：

---

〔15〕有尾的人从井里出来，又分开岩石出来，均系指古代穴居的人，身被兽皮，所谓有尾者即言兽皮连尾也。“井冰鹿”的意义即云井光，“石押分”即云分开岩石。

〔16〕宇陀郡有宇贺志村，宇贺志可写作“穿”字，故设故事以说明其原因。

〔17〕“诃夫罗”即鸣镝，“诃夫罗前”此言镝崎，今不详其地。

“你这东西说造了来供奉的大殿，可自己先进去，证明你怎样的供奉的吧！”乃紧握刀柄，用矛比着，用箭对着，逼他进去，遂落在自己所设的陷坑里死了，即拉了出来，乱刀斩杀了。故其地叫作宇陀的血原。

八〇　于是乃将弟宇迦斯所献上的御宴的东西，悉数分给军队吃了。此时作歌道：

“在宇陀高城我张着田鹬[18]的网，
等着的时候，田鹬没有碰上，
却碰上了勇健的老鹰。
前妻如来要肴馔，
扇骨木的实似的少给她吧。
后妻如来要肴馔，
柃树的实似的多给她吧。[19]
哈哈，那个东西，
好不活该呀！

---

〔18〕田鹬日本自制字作从田从鸟，亦称田鸟。大约宴飨中有此鸟，故以起兴，并不以比喻他人，若下文的鹰，盖以比兄宇迦斯。

〔19〕“前妻”“后妻”，犹言大妻小妻，系指前娶的妻及后娶的妾。“扇骨木实”有棱角，言其实少肉，为下文“少给”作枕词兼以形容。“柃”据《玉篇》云：“柃，似荆，可作染灰者也。”似多结实，事实未悉。此二句原文有疑问，解者只略疏大意罢了。

嘿嘿，那个东西，

真是该死呀！”[20]

这个弟宇迦斯就是宇陀的水取等的祖先是也。

八一　从那地方走去，到了忍坂的大室的时候，有尾的土云八十个武士，[21]在那室里等候着。天神的御子乃命赐八十人以宴飨，对于八十人设八十膳夫，各人佩刀，乃命令膳夫道：

“你们听见歌声，便一齐斩杀。”其时示知将击土云时的歌曰：

“忍坂的大的土室里，
有许多许多的人，
虽然有许多的人，
勇壮的久米的人们
拿着头椎石椎的大刀[22]，
不击杀不肯罢休！
勇壮的久米的人们
拿着头椎石椎的大刀，
要击杀现在最好吧！”

---

〔20〕末四句系歌唱时附加嘲弄之词，只是看他出丑的意思。

〔21〕“土云”系指土人，《日本书纪》写作“土蜘蛛”，云“高尾张邑有土蜘蛛，其为人也身短而手足长，与侏儒相类”。所谓“八十个武士”，《日本书纪》作“八十裊帅”。

〔22〕“头椎石椎的大刀”，系指一种大刀，其柄端如椎，故名，见上文第六二节。其说“石椎”者谓石头作柄。或云“此系指石器”，惟如指石刀，则柄或应用木所作，此疑未必确也。

这样地歌着，乃拔刀一时都击杀了。

八二　其后将击登美毗古的时候所作的歌曰：

“勇壮的久米的人们，
在粟田里生长一根臭韭。
连根带叶的拔了吧，
不击杀不肯罢休！”

又歌曰：

“勇壮的久米的人们，
墙根底下种着一株花椒[23]，
嘴里辣辣的，我忘记不了。
不击杀不肯罢休！”

又歌曰：

“神风吹来伊势海里，
在大石上爬着的
细螺[24]似的爬了包围着：
不击杀不肯罢休！”

---

〔23〕此处“花椒”原文写作“姜”，惟据考证生姜系由中国传入，上古尚无此物，故当解作“花椒”。此以比喻敌人，谓令人嘴里觉得辣，一直不能忘记，非击杀不可。

〔24〕细螺大约二三分许，其壳似蜗牛而厚，表面淡青色，有种种花样，肉可供食用。此以螺的回旋比喻军队的包围，用意尖新可喜。

八三　又进击兄师木弟师木的时候，军队有点疲倦了。尔时歌曰：

“排着楯牌，在伊那佐山的
树的行间往来侦察，
打起仗来，我是饿了。
岛里的鹈养部呀，[25]
现在来援助吧！”

八四　尔后迩艺速日命前来，对天神的御子说道：

“听说天神的御子从天上降下来了，故赶着来了。”即献诸天上的宝物，表示服务。这个迩艺速日命娶登美毗古的妹子登美夜毗卖而生的儿子，名为宇摩志麻迟命，此物部连，穗积臣，采女臣的祖先也。这样的平定了凶神，赶散了不服的人，在亩火之白梼原宫，[26]统治天下。

---

〔25〕“岛里的”原作“岛上的鸟”系“鹈”的枕词，“鹈养部”即管养鹈鹕捕鱼的人。第七八节所云“贽持之子”见注〔14〕。

〔26〕“亩火”即亩傍山，“白梼原”即橿原。《唐韵》云：“橿，万年木也。”《诗疏》云，叶似杏而尖，白色，皮正赤，为木多曲少直，枝叶茂好，材可为弓弩干也。橿原地不可考，后人因传说想象假定，设橿原神社，祀神武天皇焉。

六　大物主神之御子

八五　其初在日向的时候，娶阿多的小椅君[27]的妹子阿比良比卖，生了儿子多艺志美美命，其次岐须美美命，凡二位。但更求可以做王后[28]的少女时，大久米命说道：

“这里有传说是神之御子的少女。说她是神之御子的理由是，三岛的湟咋的女儿名叫势夜陀多良比卖，其姿容美丽，美和的大物主神见了喜欢，乘少女登厕[29]的时候，化为涂着赤土的箭，从那厕所的下流，上冲少女的阴门。于是少女惊惶，狼狈奔走，随持来此箭，放在床边，忽化成壮夫，即娶少女而生子，名为富登多多良伊须须岐比卖，亦名比卖多多良伊须气余理比卖，这是因为嫌忌富登的名字，后来所改的名称。[30]是故称作神的御子。”

---

〔27〕小椅《日本书纪》作“小桥”。

〔28〕大妻为王后，其他为妃或夫人，盖当初因帝业未定，王后不曾规定，但此或系后世封建时代的看法，并不的确。

〔29〕日本古代茅厕多在河上，“厕”字读作“波夜”，意云河屋。厕所下即河流，故赤矢可以从河中上冲。

〔30〕富登系音读，训作“女阴”，多多良伊须须歧意云奔走狼狈，此盖系俗说流传，保存在传说里边。《日本书纪》记其本名为“姬蹈鞴五十铃姬命”，姬即比卖，蹈鞴即多多良，五十铃即伊须须。多多良为脚踏的风箱，五十铃者谓许多小铃，系于手足上借作装饰，非狼狈奔走之意。且她的母亲即名势夜陀多良，多多良之名即承袭陀多良而来，陀即多之浊音。

八六　尔时有七个少女，同游于高佐士野的时候，这个伊须气余理比卖也在其内，大久米命看见了伊须气余理比卖，作歌以告天皇道：

“倭之国[31]的高佐士野上，

七个游行的少女，

将去娶哪个呢？”

尔时伊须气余理比卖恰站在少女等的前头。天皇见了少女等，心里知道伊须气余理比卖站在最前，便以歌答道：

“好吧好吧，且将站在最先的，

娶那个可爱的人吧。”

尔时大久米命奉了天皇的命令，传达给伊须气余理比卖的时候，她看了大久米命的眼梢的刺青，[32]觉得奇怪，作歌曰：

“天地间胜过千人的勇士，[33]

为什么眼梢有刺青呢？”

大久米命作歌答道：

“为得就找到少女，

所以眼梢有刺青的。”

---

〔31〕“倭之国”今作大和，音读作“耶麻腾”。

〔32〕久米部多保留西南民族的遗风，于眼角刺青，使眼睛看似增大，看去可怕。因此对于大久米命，亦遂有此传说。

〔33〕此句解说颇有疑问，今采取橘守部的说法，取其最为单纯。本居宣长谓历举鸟名，乃雨燕，鹡鸰，千鸟与鵐鸟，其眼睛圆大，与大久米命相比。

于是少女乃答说道：

“那么，我就奉命吧。”

八七　尔时伊须气余理比卖的家在狭井河的旁边。天皇乃到伊须气余理比卖那里，住了一宿。其河称作佐韦河[34]的理由，因为河边多有山百合，故取其名以为河的名称，山百合本名佐韦。其后伊须气余理比卖进宫的时候，天皇作歌曰：

“苇原的芦苇茂盛的小屋里，

菅草的席子清洁的铺着，

我们二人曾经睡过呀。”

尔时所生的儿子，名为日子八井命，其次为神八井耳命，其次为神沼河耳命，凡三位。

七　当艺志美美命之变

八八　天皇升遐之后，庶兄当艺志美美命娶嫡后伊须气余理比卖的时候，将要杀那三位兄弟，正在谋划，母亲伊须气余理比卖很是着急，乃作歌以告知她的儿子们，歌曰：

“狭井川方面云起来了，

亩火山的树叶响动了，

风就要吹来了吧！”

〔34〕狭井与佐韦读音相同。

又歌曰：

“亩火山白昼起云了，

晚上风就要吹来了吧，

树叶都响动了。”

于是儿子们听到了，很是吃惊，要杀当艺志美美命的时候，神沼河耳命对其兄神八井耳命说道：

“你拿了兵器去，杀了当艺志美美吧！”于是拿了兵器进去，想要杀他的时候，可是手脚都发抖了，不曾杀得。神沼河耳命乃从其兄乞得兵器，杀了当艺志美美。故其御名亦谓之建沼河耳命。〔35〕尔时神八井耳命对其弟建沼河耳命让道：

“我不曾杀得仇人。是你能够杀掉仇人的。所以我虽然是你的长兄，不能居你之上。所以你应做天皇，治理天下，我当帮助你，做专司祭祀的人给你服务。”〔36〕

八九　日子八井命乃是茨田连，手岛连的祖先，神八井耳命乃是意富臣，小子部连，坂合部连，火君，大分君，阿苏君，筑紫三家连，雀部臣，雀部造，小长谷造，都祁直，伊余国造，

---

〔35〕“建”字意云猛将，如第八一节记“土蜘蛛”八十武士，亦称作“建”，《日本书纪》则写作“枭帅”。下文有倭建命，《日本书纪》写作“日本武尊”，成为通称。

〔36〕“司祭祀的人”原文作“忌人”，意云斋主，日本古时候最重宗教，称为政教一致，政事直译的意思乃是“祭事”，故司祭亦是协助政事。

伊势船木直，尾张丹羽臣，岛田臣等的祖先。神沼河耳命则治理天下。

凡此神倭伊波礼毗古天皇御年一百三十七岁，御陵在亩火山北方白梼尾的山顶上。

二　绥靖天皇以后八代

一　绥靖天皇

九〇　神沼河耳命（绥靖天皇）在葛城之高冈宫，治理天下。此天皇娶师木县主的祖先河俣比卖而生的儿子，师木津日子玉手见命，只一位。此天皇御年四十五岁，御陵在冲田冈上。〔37〕

二　安宁天皇

九一　师木津日子玉手见命（安宁天皇）在片盐之浮穴宫，治理天下。此天皇娶河俣毗卖之兄县主殿延的女儿阿久斗比卖而生的儿子，常根津日子伊吕泥命，其次为大倭日子暗友命，其次为师木津日子命。此天皇的三位儿子之中，大倭日子暗友命治理天下。其次师木津日子命的儿子共有两位。其一位的子

〔37〕《古事记》文字，据序文所说，系集合“帝皇日继”，即历史部分的帝纪，以及“先代旧辞”，即神话传说部分，混合而成，所以各节多有此两种分子。绥靖天皇以后八代所记，则全是帝纪，没有什么旧辞在内。

孙是伊贺须知之稻置，那婆理之稻置，三野之稻置的祖先。又一位的儿子，和知都美命在淡道之御井宫。此王子有两位女儿，女兄名为蝇伊吕泥，又名意富夜麻登久迩阿礼比卖命，女弟名为蝇伊吕杼。

天皇御年四十九岁，御陵在亩火山之美富登。[38]

三　懿德天皇

九二　大倭日子暗友命（懿德天皇）在轻地之境冈宫，治理天下。此天皇娶师木县主之祖先，赋登麻和诃比卖命，又名饭日比卖命而生的儿子，御真津日子诃惠志泥命，其次为多艺志比古命，凡二位。其御真津日子诃惠志泥命治理天下。其次当艺志比古命为血沼别，多迟麻之竹别，苇井之稻置的祖先。

天皇御年四十五岁，御陵在亩火山之真名子谷上边。

四　孝昭天皇

九三　御真津日子诃惠志泥命（孝昭天皇）在葛城之掖上之宫，治理天下。此天皇娶尾张连的祖先，奥津余曾的妹子，

---

〔38〕《日本书纪》作“陵在亩傍山南御阴井上”。

余曾多本比卖命而生的儿子，天押带日子命，其次为大倭带日子国押人命，凡二位。其弟大倭带日子国押人命治理天下。兄天押带日子命为春日臣，大宅臣，粟田臣，小野臣，柿本臣，壹比韦臣，大坂臣，阿那臣，多纪臣，羽栗臣，知多臣，牟耶臣，都怒山臣，伊势饭高君，壹师君，近淡海国造的祖先。

天皇御年九十三岁，御陵在掖上的博多山上。

五　孝安天皇

九四　大倭带日子国押人命（孝安天皇）在葛城的室之秋津岛宫，治理天下。此天皇娶侄女忍鹿比卖命而生的儿子，大吉备诸进命，其次为大倭根子日子赋斗迩命，凡两位。大倭根子日子赋斗迩命治理天下。

天皇御年一百二十三岁，御陵在玉手冈上。

六　孝灵天皇

九五　大倭根子日子赋斗迩命在黑田之庐户宫，治理天下。此天皇娶十市县主的祖先，大目的女儿细比卖命而生的儿子，大倭根子日子国玖琉命，一位。又娶春日的千千速真若比卖而生的女儿，千千速比卖命，一位。又娶意富夜麻登玖迩阿礼比卖命而生的子女，夜麻登登母母曾毗卖命，其次为日子刺肩别命，其次为比古伊佐势理毗古命，又名大吉备津日子命，其次为倭飞羽矢若屋比卖命，凡四位。又娶阿礼比卖命女弟蝇伊吕杼而生的儿子，日子寤间命，其次为若日子建吉备津日子命，凡二位。此天皇的御子共凡八位，即王子五位，王女三位。大倭根子日子国玖琉命治理天下。大吉备津日子命与若日子建吉备津日子命二人，以斋瓮[39]置于针间的冰河崎，从针间进去，平定了吉备国。故此大吉备津日子命为吉备上道臣的祖先，其次若日子建吉备津日子命为吉备下道臣，笠臣的祖先，其次日子寤间命为针间牛鹿臣的祖先。其次日子刺肩别命为高志之利波臣，丰国之国前臣，五百原君，角鹿海直的祖先。

天皇御年一百六岁，御陵在片冈之马坂上边。

七　孝元天皇

九六　大倭根子日子国玖琉命（孝元天皇）在轻地之堺原宫，治理天下。此天皇娶穗积臣等的祖先，内色许男命的妹子，内色许卖命而生的儿子，大毗古命，其次为少名日子建猪心命，[40]其次为若倭根子日子大毗毗命，凡三位。又娶内色许男命的女儿伊贺迦色许卖而生的儿子，比古布都押之信命。又娶河内青玉的女儿波迩夜须毗卖而生的儿子，建波迩夜须毗古命，一位。

---

〔39〕“斋瓮”言洁斋的酒瓮，以土器盛酒，用以祭神。

〔40〕“猪”系野猪，“猪心”谓有勇敢的心，犹欧洲人说狮心也。

此天皇的儿子共计五位。若倭根子日子大毗毗命治理天下。其兄大毗古命的儿子建沼河别命为阿倍臣等的祖先，其次比古伊那许志别命，此为膳臣的祖先。

九七　比古布都押之信命娶尾张连等的祖先，意富那毗的妹子葛城之高千那毗卖而生的儿子，味师内宿祢，为山代内臣的祖先，又娶木国造的祖先，宇豆比古的妹子山下影日卖而生的儿子，名建内宿祢。此建内宿祢的儿子共有九人，即男七人，女二人。波多之八代宿祢为波多臣，林臣，波美臣，星川臣，淡海臣，长谷部君的祖先。其次许势之小柄宿祢为许势臣，雀部臣，轻部臣的祖先。其次苏贺之石河宿祢为苏我臣，川边臣，田中臣，高向臣，小治田臣，樱井臣，岸田臣等的祖先。其次平群之都久宿祢为平群臣，佐和良臣，马之御樴连[41]等的祖先。其次木角宿祢为木臣，都奴臣，坂本臣的祖先。其次久米之摩伊刀比卖，其次怒之伊吕比卖，其次葛城之长江曾都毗古为玉手臣，的臣，生江臣，阿艺那臣等的祖先。又其少子宿祢为江野之财臣的祖先。

天皇御年五十七岁，御陵在剑池之中冈上。

---

〔41〕马御樴连似因其职掌而得名，但意义原注云未详。

八　开化天皇

九八　若倭根子日子大毗毗命（开化天皇）在春日之伊耶河宫，治理天下。此天皇娶旦波大县主由碁理的女儿竹野比卖而生的儿子，比古由牟须美命，一位。又娶庶母伊迦贺色许卖命而生的儿子，御真木入日子印惠命，其次御真津比卖命，凡二位。又娶丸迩臣的祖先，日子国意祁都命的妹子意祁都比卖命而生的儿子，日子坐王，一位。又娶葛城之垂见宿祢的女儿鸇比卖而生的儿子，建丰波豆罗和气王，一位。此天皇的子女共计五位，王子四位，王女一位。

九九　御真木入日子印惠命治理天下。其兄比古由牟须美命的儿子，大筒木垂根王，其次赞岐垂根王，凡二王。此二王的王女共有五位。其次日子坐王娶山代的荏名津比卖，又名苅幡户辨而生的儿子，大俣王，其次小俣王，其次志夫美宿祢王，凡三位。又娶春日之建国胜户卖的女儿沙本之大暗见户卖而生的儿子，沙本毗古王，其次袁耶本王，其次沙本毗卖命，又名佐波迟比卖。此沙本毗卖命为伊久米天皇[42]的王后。其次室毗古王，共四位。又娶近淡海御上山司祭祀的天之御影神的女儿息长水依比卖而生的儿子，丹波之比古多多须美知能宇斯王，其次水穗之真若王，其次神大根王，又名八瓜入日子王，其次

---

〔42〕伊久米天皇《日本书纪》写作“活目天皇”，即下文垂仁天皇。

水穗之五百依比卖，其次御井津比卖，凡五位。又娶其母的女弟袁祁都比卖命而生的儿子，山代之大筒木真若王，其次比古意须王，其次伊理泥王，凡三位。日子坐王的王子共凡十五王。

一〇〇　兄大俣王的王子曙立王，其次菟上王，凡二位。此曙立王为伊势的品迟部君，伊势的佐那造的祖先。其次菟上王为比卖陀君的祖先。其次小俣王为当麻之勾君的祖先。其次志夫美宿祢王为佐佐君的祖先。其次沙本毗古王为日下部连、甲斐国造的祖先。其次袁耶本王为葛野别、近淡海之蚊野别的祖先。其次室毗古王为若狭之耳别的祖先。美知能宇志王娶丹波河上的摩须郎女而生的王子，比婆须比卖命，其次真砥野比卖命，其次弟比卖命，其次朝廷别王，凡四位。此朝廷别王为三川之穗别的祖先。美知能宇志王之弟水穗之真若王为近淡海之安直的祖先。其次神大根王为三野国之本巢国造，长幡部连的祖先。其次山代之大筒木真若王娶同母弟伊理泥王的女儿丹波之阿治佐波毗卖而生的王子，迦迩米雷王。此王娶丹波之远津臣的女儿高材比卖而生的王子，息长宿祢王。此王娶葛城之高额比卖而生的王子，息长带比卖命，其次虚空津比卖命，其次息长日子王，凡三位。此王为吉备之品迟君，针间之阿宗君的祖先。又息长宿祢王娶河俣之稻依毗卖而生的王子，大多牟坂王，此为多迟摩国造的祖先。上边所说的建丰波豆罗和气王为道守臣，忍海部造，御名部造，稻羽之忍海部，丹波之竹野别，依网之阿毗古等的祖先。

天皇御年六十三岁，御陵在伊耶河的坂上。

三　崇神天皇

一　后妃及皇子女

一〇一　御真木入日子印惠命（崇神天皇）在师木之水垣宫，治理天下。此天皇娶木国造荒河刀辨的女儿远津年鱼目目微比卖而生的王子，丰木入日子命，其次丰暗比卖命，凡二位。又娶尾张连的祖先，意富阿麻比卖而生的王子，大入杵命，其次八坂之入日子命，其次沼名木之入日卖命，其次十市之入日卖命，凡四位。又娶大毗古命的女儿御真津比卖命而生的王子，伊久米伊理毗古伊佐知命，其次伊耶能真若命，其次国片比卖命，其次千千都久和比卖命，其次伊贺比卖命，其次倭日子命，凡六位。此天皇的儿子共计十二位，王子七人，王女五人。伊久米伊理毗古伊佐知命治理天下。其次丰木入日子命为上毛野君，下毛野君等的祖先。妹丰暗比卖命斋祭于伊势之大神宫。其次大入杵命为能登臣的祖先。其次倭日子命，从这个王的时候起，始于陵墓建立人垣。[43]

二 美和的大物主

一〇二 当此天皇在位的时候，疫病盛行，人民将要死尽。天皇很是愁叹，于是斋戒沐浴，求梦于神，大物主大神乃于梦中显现，说道：

“这疫病乃是我的意思。去找意富多多泥古[44]来，给我祭祀，那么神的灾祟不起，国也可以平安了。”乃遣驿使四方，访求叫作意富多多泥古的人，这在河内的美努村找到了。于是天皇问他道：

“你是什么人的儿子呢？”那人回答道：

“大物主大神娶陶都耳命的女儿活玉依比卖而生的儿子名为栉御方命，其儿子为饭肩巢见命，其儿子为建瓮槌命，又其儿子即是我意富多多泥古。”于是天皇大为高兴，说道：

“今天下可以太平，人民可以繁荣了吧。”乃命意富多多泥古命为斋主，致祭于意富美和大神[45]之前。又命伊迦贺色许

---

〔43〕意谓从王死去时，始用人殉葬。“人垣”者周围列人如墙垣，用作警卫，葬时用人埋半身土中，《魏志》在《倭人传》中云：“卑弥呼以死，大作冢，径百余步，殉葬者奴婢百余人。”盖其来已古，未必始于此时。后世改用俑，日本名为埴轮，相传起于垂仁天皇的时候，这种习俗的变革，未免说得时间太短了。

〔44〕意富多多泥古，或写作“大多田根子”。

〔45〕意富美和大神即大美和大神，亦即大物主大神。

男命，制作了许多祭祀用的陶器，给天神地祇[46]之社，规定了祭祀的制度。又献赤色的楯矛于宇陀墨坂神，黑色的楯矛于大坂神，又对于坂上之神，河濑之神，亦悉献奉币帛，无有遗忘。因此疫气悉息，国家平安了。

一〇三　知道这个意富多多泥古是神的儿子的原因是：上边所说活玉依比卖是个美貌的人。尔时有神人，容貌威仪世无伦比，于夜半时，倏忽来就。于是两相爱恋，同居共住[47]的时候，不久那个少女就有孕了。其父母很以有孕的事为怪，问其女儿道：

“你这样子当然是怀孕了。但是没有丈夫，怎样会得有孕的呢？”女儿答道：

“有壮丽的男子，虽然不知道他的名字，每夜来同居，便自然有了孕了。”于是父母想要知道这个男子，便教女儿道：

“你把赤土散在床前，麻线穿在针里，刺在他的衣裾上边好了。”女儿照着所教的做了，到了早晨看时，针里穿的麻线从门的钥匙孔里通过，剩下的麻只有三轮[48]罢了。于是从钥匙孔里出去的麻线寻了去，到了美和山神社里便停住了。因此知

---

〔46〕天神地祇，天神此指高天原的诸神，地祇则指本来在下土的神们，以及本是天神的后代，但在天孙下降以前，便来到地上，成为土著的各神。

〔47〕上古时日本婚姻，多系男子往就女家，往往有邂逅相遇，不识姓名者，后代小说中常有之，如《源氏物语》中便有类似的故事。

〔48〕麻线绕成圆团，完了才剩下了三圈，原文云“三勾”，读作美和。此即作为三轮山地名的解释。

道了这里神的御子的原因。因为麻线剩下了三轮，所以其地称作三轮。这意富多多泥古命为神君，鸭君的祖先。

三　将军的派遣

一〇四　又当此天皇在位的时候，派遣大毗古命到高志道去，并派其子建沼河别命到东方十二道去，平定那些不顺的人们，又派日子坐王到旦波国，去杀名叫玖贺耳之御笠的人。大毗古命往高志国的时候，有着裙的少女，立在山代的币罗坂上，作歌道：

“御真木入日子呀，
御真木入日子呀！
自己的命要被窃取了，
从后门躲来躲去，
从前门躲来躲去，
窥探着还是不知道。
御真木入日子呀！”〔49〕

于是大毗古命觉得奇怪，回转马头去，问那少女道：

“你这所说的是什么呀？”尔时少女答道：

“我不说什么，我只是唱着歌罢了。”说着这话，便忽然消灭，

〔49〕此句据《日本书纪》作“尽与宫女游戏”，疑《古事记》脱误。橘守部谓意言派遣武将到四方去，宫中却防备无人。

不知去向了。

一〇五　尔时大毗古命便更回来，告知天皇的时候，天皇说道：

“这是在山代国的我的庶兄，建波迩安王有邪心了，所以有此预兆吧。伯父可兴军前去。”即派丸迩臣的祖先日子国夫玖命为副，以斋瓮陈于丸迩坂上，祭祀而行。到了山代的和诃罗河的时候，建波迩安王兴兵相待，各挟河对坐而相挑战。故其地名为伊杼美，现今称伊豆美云。〔50〕尔时日子国夫玖命说道：

“先从那厢的人放净箭过来吧。”〔51〕于是建波迩安王射箭而中，日子国夫玖命所射的箭却把建波迩安王射死了，故其军悉败而逃散。于是追迫逃军，到了久须婆之渡的时候，皆被迫惶窘，屎出坠裈上，故其地名为屎裈，今谓久须婆云。〔52〕又其逃军被邀击，如鸬鹚之浮于河，故谓其河曰鹈河。又因大屠军士于此，

---

〔50〕伊杼美意即云“挑”，伊豆美今云水泉乡。

〔51〕“净箭”谓斋戒谨慎，祷告与神而射的箭，古时比箭，最初所射的箭名此。

〔52〕久须婆之渡在河内国交野郡，旧称葛叶乡，今作樟叶村。因其音与久曾婆迦麻（屎裈）相近，故传讹有此传说作为解说，此类故事甚多。

故其地名为波布理曾能。[53]如是平定已毕，乃回去复奏。

一〇六　大毗古命依照从前的命令，往高志国去了，其从东方所派遣的建沼河别，与其父大毗古命相逢于会津。故其地名为会津。以是各所遣国的政事悉平，据以复奏。于是天下太平，万民富荣。乃始征收男子弓矢所获，女子手艺所得，用作贡品。故后人赞美御世，称始建国之御真木天皇。又亦在那时候，始作依网池，亦作轻地之酒折池。

天皇御年一百六十八岁，戊寅年十二月升遐，御陵在山边道的勾之冈上。

---

〔53〕波布理曾能可译作“屠园”，实在名“祝园乡”，见于《倭名类聚抄》。

四　垂仁天皇

一　后妃及皇子女

一〇七　伊久米伊理毗古伊佐知命（垂仁天皇）在师木之玉垣宫，治理天下。此天皇娶沙本毗古的妹子，佐波迟比卖命而生的王子，品牟都和气命，一位。又娶旦波比古多多须美知能宇斯王的女儿，冰羽州比卖命而生的王子，印色之入日子命，其次大带日子淤斯吕和气命，其次大中津日子命，其次倭比卖命，其次若木入日子命，凡五位。又娶冰羽州比卖命的女弟，沼羽田之入毗卖命而生的王子，沼带别命，其次伊贺带日子命，凡二位。又娶沼羽田之入日卖命的女弟，阿耶美能伊理毗卖命而生的王子，伊许婆夜和气命，其次阿耶美都比卖命，凡二位。又娶大筒木垂根王的女儿迦具夜比卖命而生的王子，袁那辨王，一位。又娶山代的大国渊的女儿苅羽田刀辨而生的王子，落别王，其次五十日带日子王，其次伊登志别王，凡三位。又娶那个大国渊的女儿弟苅羽田刀辨而生的王子，石冲别王，其次石冲毗卖命，又名布多迟能伊理毗卖命，凡二位。此天皇的御子等共计十六位，王子十三人，王女三人。

一〇八　大带日子淤斯吕和气命治理天下。御身长一丈二尺，胫长四尺一寸。[54]其次印色入日子命作血沼池，又作狭山池，又作日下的高津池，又在鸟取之河上宫，作大刀一千口，献纳于石上神宫，即在其宫中定河上部的部属。[55]其次大中津日子命为山边别，三枝别，稻木别，阿太别，尾张国的三野别，吉备的石无别，许吕母别，高巢鹿别，飞鸟君，牟礼别等的祖先。其次倭比卖命斋祭于伊势的大神宫。[56]其次伊许婆夜和气王为沙本穴太部别的祖先。其次阿耶美都比卖命嫁于稻濑毗古王。其次落别王为小月之山君，三川之衣君的祖先。其次五十日带日子王为春日之山君，高志之池君，春日部君的祖先。其次伊登志和气王因为无子，规定伊登志部，代为子嗣。[57]其次石冲别王为羽咋君，三尾君的祖先。其次布多迟能伊理毗卖命即为倭建命[58]的王后。

---

〔54〕“丈”训作“杖”，古代以丈量物，故有是称。或说此乃周尺，一尺当今曲尺七寸六分。

〔55〕服务于河上宫的人民称曰河上部，被指定为王的代理者也。

〔56〕大神宫初在大和之笠缝邑，至是始命倭比卖命相地于伊势国五十铃川上之地，以后相沿至今。第一〇一节谓妹丰暗比卖命斋祭于伊势的大神宫，系根据后世的说法，其时实尚未迁也。

〔57〕原文云“子代”，谓天皇王后及王子等，假如无子，虑其名字后世或被遗忘，因指定部民继承其名，有如子嗣。

〔58〕倭建命见下第一二二节，《日本书纪》写作“日本武尊”。

二　沙本毗古之叛乱

一〇九　此天皇娶了沙本毗卖[59]为后的时候，沙本毗卖命之兄沙本毗古王向他的同母妹说道：

“丈夫同亲兄，哪一个更亲呢？”答说道：

“当然是亲兄更亲了。”于是沙本毗古王设计道：

“你真是觉得我更亲爱，那么我同你来共同治理天下吧。”即作几经锻炼的有带的小刀，给与他的妹子说道：

“你拿了这小刀，在天皇睡觉的时候，刺死他吧。”天皇不知他们的谋划，乃枕王后的膝而睡。于是王后拿了有带的小刀，将刺天皇的颈项，三度举起刀来，可是不胜哀怜之情，终不得刺，乃哭泣泪落面上。天皇惊起，问王后道：

“我看见奇异的梦。从沙本方面有骤雨落来，忽然把面孔洒湿了。又有锦文的小蛇，缠住我的颈项。这样的梦究竟是何预兆呢？”王后知道事情不能隐瞒，乃说道：

“我兄沙本毗古王对我说道：丈夫同亲兄，哪一个更是亲爱呢？当面不好说别的，只能答道：当然是亲兄更亲爱了。于是对我要求道：我同你来共同治理天下，你去把天皇杀了吧。便作几经锻炼的有带的小刀交给我，想拿了这个刺入颈项，可是三度举起刀来，忽然起了哀怜之情，终不得刺，哭泣落泪，

〔59〕王后本名佐波迟比卖，因为是沙本毗古王的妹子，所以又称为沙本毗卖。

滴在脸上了。那必定是这个预兆吧。”

一一〇　于是天皇乃说道：

“我几乎受了欺骗了。”乃兴兵往击沙本毗古王，其时王作稻城，[60]用以迎战。沙本毗卖命因感念兄弟之情不能自已，乃从后门逃出，归于稻城。此时王后盖已有孕，天皇对于王后仍甚爱重，所以经过了三年故意迟延，不立即进攻。在这样迁延着的时候，怀孕着的王子也已生下来了。王后乃将王子放在稻城的外面，对天皇说道：

“若是天皇把这王子当作自己的儿子，请抚养他吧。”天皇对其兄虽是怨恨，但于王后还有恩爱割舍不得，心里想得到她。以是在军士之中，选取轻捷的力士，嘱咐他们道：

“去取王子的时候，连那母后一起抓了来。或是头发，或是两手，随便抓到什么地方，便拉了来吧。”可是王后也预先料知这样情形，乃悉把头发剃去，以发复头上，再把玉串腐烂了，三重绕在手上，又用酒把衣服腐烂，像好衣服似的穿在上面。这样布置好了，始抱了王子，来至城外。力士们接过了王子来，再想去抓住母后的时候，抓住头发，头发自落，握御手时玉串又断，握御衣时衣悉破碎。以是得到了王子，母后却终于得不到。

---

〔60〕稻城系古代的临时防御工事，在家屋周围，积稻为垣，以防弓箭，犹后世的土囊。《日本书纪》云：“积稻作城，其坚不可破，此谓稻城也。”

军士们回来奏闻道：

“御发自落，御衣复破，手上玉串亦悉断绝，母后终得不到，只把王子取来了。”天皇非常悔恨，深恶做玉串的人们，把他们的领地悉行剥夺了。[61]故俗谚有云，没有领地的玉作。

一一一　天皇又传命对王后说道：

“凡儿子的名字，必须母亲所定，今此王子叫作什么好呢？”王后答道：

“今当火烧稻城的时候，在火中所生，所以他的名字应该称作本牟智和气王子。”[62]又问道：

“怎么样养育呢？”回答道：

“决定乳母，和保育的人们，[63]养育就好。”于是便依了王后所说那样的养育了。又问王后道：

“你所结的衣带，有谁可以解得呢？”[64]回答道：

“旦波比古多多须美智能宇斯王的女儿，名字叫作兄比卖

---

〔61〕因为作玉串的人使串索腐烂，故天皇憎恨，没收其领地。后世有“玉作没有封地”的谚语，遂附会其事，谓其起源在于此时。

〔62〕“本”日本语训作“火”，“牟智”者尊称，“和气”者少年之意，大意云火中御子。

〔63〕原文云“大汤坐，若汤坐”，《日本书纪》作“汤人”，谓职司小儿沐浴的人，大与若者犹言正副的差别。

〔64〕古代夫妇互结下裳的带，相约再会时方得解开，犹中国云结缡之意。

与弟比卖二位王女，是高洁的人，可以供使令。”如是之后，遂在沙本毗古王被杀的时候，其同母妹亦从之而死了。[65]

三　本牟智和气王子

一一二　率领了这个王子游戏的情状，在尾张的相津有两杈的杉树，作为两杈的小船，[66]带到倭之市师池，轻池来浮着，叫王子游玩。但此王子虽长至八拳之须垂至胸前，还不能说什么话。只有在听到空中飞过的鹤的叫声，这才能发出咿哑的声音。于是便派遣山边之大鹰这个人，去取这鸟来。那人追赶那鹤，从木国到针间国，再追到稻羽国，至于旦波国和多迟麻国，又往东方追去，到了近淡海国，过三野国，从尾张国转至科海国，终乃追至高志国，在和那美水门张起网来，遂捕获这鸟，拿回来献上。故其水门，名为和那美水门。[67]但是看了这鸟，以为

---

〔65〕《古事记》所言，似沙本毗古为王师所杀，惟《日本书纪》云："时火兴城崩，军众悉走，狭穗彦与妹共死于城中。"似二人同投于火中，狭穗彦即沙本毗古。

〔66〕古代刳木为舟，这是两杈的巨木，挖空了成为双歧的船。《日本书纪》中说履中天皇作"两枝船"，泛于池中，与王后分乘之，以为游戏。

〔67〕"和那美"训作"罥网"。

可以说话了吧，这也并不如所预料，终于不曾说话。[68]

一一三　天皇于是很是烦恼，在睡觉的时候，梦见神说道：

“假如把我的殿造得同天皇的宫殿的样子，那么王子必定能说话了。”乃用大卜占问，这是哪一位神道的意思，原来这乃是出云大神的指示。[69]因此命这王子到那大神的宫去礼拜，其时占问叫谁做副手去好呢，尔时曙立王乃与占相合。于是命曙立王往誓于神云：

“倘拜这大神诚有效验，在这鹭巢之池的树上的鹭，因我的誓愿而落下。”这样说了的时候，果然因了誓愿，鹭乃落地而死。又说道：

“因誓愿而活过来。”鹭又活过来了。又将在甜白梼之崎的阔叶大白梼树，因了誓愿把它咒枯，又把它咒活了。乃赐曙立王名号，称为倭者师木登美丰朝仓曙立王。[70]即命曙立王与

---

〔68〕本来预料，王子看到这鸟，可以说话，现在却并不如此，直到拜了出云大神，这才开口。但《日本书纪》说，捕鸟的人乃是天汤河板举，他在出云捕到这鸟，王子看了始能说话。

〔69〕出云大神即是大国主神。上文说让国的地方，第五八节大国主神已有此要求，今复有此事，或者出云大神一时衰颓的缘故吧。惟此等事原出神话，则前后重出，亦正是常有的事，这种惟理的解释也用不着了。

〔70〕师木，登美与朝仓，都是大和（倭）的地名，这里重叠的加上，用意不详。

菟上王为副，同王子前去的时候，卜辞云：

“从那良户去，要遇见跛子瞎子的吧。从大坂户去，也要遇见跛子瞎子的吧。[71]但从木户去，虽是弯路，却是吉祥的路。”于是便从那里走去，所到之处都定为品迟部属。

一一四　到了出云地方，礼拜出云大神已毕，将要回来的时候，在肥河上边，作了黑巢桥[72]，建造临时宫殿住下了。尔时出云国造的祖先，名叫岐比佐都美的人，饰作青叶山[73]立于河下，将进御宴的时候，王子乃说道：

“这河下像是青叶山似的东西，看去是山，而又不是山，那是在出云石隈的曾宫里的苇原色许男大神[74]的斋主的祭坛么？”同去的诸王听见欢喜，[75]请王子暂驻于槟榔[76]的长穗宫，派遣驿使奏闻。在那里王子与肥长比卖结婚，只过了一夜。其时王子窥见少女，乃是一条大蛇。王子见了害怕，故而逃避了。

---

〔71〕古代行旅多所忌讳，如路上遇见残疾的人，皆是不祥，故预先忌避。

〔72〕黑巢桥谓带皮的木材所搭成的桥。

〔73〕青叶山据本居宣长说，造成假山，上生青叶的树，备进宴时眺望。

〔74〕苇原色许男大神为大国主神的别名。

〔75〕忽闻王子开口说话，故曙立王等同来的人，见此情形，无不喜悦。

〔76〕槟榔实系蒲葵树，在日向萨摩等处茂生，虽相承写作此二写，实与药用的槟榔并不相同。

肥长比卖很是悲伤，有光照着海上，乘船追来，[77]愈加害怕了，乃从山岭上将船拖过去了，[78]便逃走了。乃覆奏于天皇道：

“因为拜了出云大神，王子已能说话，所以回京来了。”天皇大为喜欢，即叫菟上王回去，建造神宫。于是天皇因了王子的缘故，规定鸟取部，鸟饲部，品迟部，大汤坐，若汤坐[79]各部属。

四　丹波之四女王

一一五　天皇因了王后沙本毗卖的陈说，乃往召美知能宇斯王的女儿，比婆须比卖命，其次弟比卖命，其次歌凝比卖命，其次圆野比卖命，凡四位前来应召。但只留下了比婆须比卖命和弟比卖命二位，其他二位王女因姿容丑恶，送还本地。于是圆野比卖命说道：

“同是姊妹之中，以貌丑送还，邻里知道了，甚是羞惭。”乃于到了山代国的相乐的时候，心想挂在树枝上寻死。故其地

---

〔77〕上文第四八节说御诸山之神走来，亦云“有光照着海上”，盖是神道的常态，肥长比卖既然原形是一条大蛇，可知也不是常人了。

〔78〕古代沿海岸行驶的多系独木舟，故拖上陆地，以至越山过岭，都非难事。

〔79〕参看注〔63〕。

号称悬木，今叫作相乐。[80]又到了弟国时，遂堕入深渊而死。故谓其地曰堕国，今叫作弟国云。[81]

五　非时香果

一一六　又此天皇曾命三宅连等的祖先，多迟摩毛理遣往日没国，求非时香果。[82]多迟摩毛理终于到了那地方，[83]采集那果子，带叶的八串，带枝的八株，[84]但是在那期间天皇已经升遐了。于是多迟摩毛理乃将带叶的四串，带枝的四株，献于太后，别以带叶的四串，带枝的四株，置于天皇御陵户的前面，

---

〔80〕圆野比卖初欲自缢。盖为侍女等所救，其地称为悬木（Sagariki），相乐则读作 Sagaraka，此地名缘起的传说，照例多出于附会者为多。

〔81〕《日本书纪》称圆野比卖作竹野媛，本文云：“惟竹野媛者，因形姿丑返于本土，则羞其见返，葛野自堕舆而死之，故号其地曰堕国，今谓弟国讹也。”堕国读作 Otikuni，弟国则为 Otokuni，今写作“乙训”。

〔82〕“日没国”原文作“常世国”。系指外国而言，但这里盖谓亚洲大陆。“常世”训作“恒久”，但或可读作“长夜”，指西方日没处，犹古代称中国曰“吴”，读作 Kure，训与“暮”同。非时香果原语云“四时皆有的香的果实”，《日本书纪》写作“非时香果”，今从之，非时者犹云不定时，橘熟于夏，经秋至冬尚在枝头，故如此说。

〔83〕此言到处寻求，历时甚久，《日本书纪》云，往复计费了十年的工夫。

〔84〕原文云，“缦又缦，矛八矛”，今据本居宣长的解说，或说此系指苗木，缦谓蟠曲如蔓，矛则直立的，但此与橘树不相适合。

手擎果实而号哭道：

“日没国的非时香果，现在获得献上了。”于是遂号哭而死。其所谓非时香果即今时的橘子是也。

一一七　此天皇御年一百五十三岁，御陵在菅原之御立野中。又王后比婆须比卖命的时候，规定石祝作，又规定土师部。[85]此王后葬于狭木之寺间的陵里。

---

〔85〕“石祝作”系制造石棺的部民，盖古代从此时起始用石棺，“土师部”则专制明器及土偶者。

五　景行天皇与成务天皇

一　后妃及皇子女

一一八　大带日子淤斯吕和气天皇（景行天皇）在缠向的日代宫，治理天下。此天皇娶吉备臣等的祖先，若建吉备津日子的女儿，针间之伊那毗能大郎女[86]而生的王子，栉角别王，其次大碓命，其次小碓命，又名倭男具那命，[87]其次倭根子命，其次神栉王，凡五位。又娶八尺入日子命的女儿八坂之入日卖命而生的王子，若带日子命，其次五百木之入日子命，其次押别命，其次五百木之入日卖命，又妾子丰户别王，其次沼代郎女。又妾子沼名木郎女，其次香余理比卖命，其次若木之入日子王，其次吉备之兄日子王，其次高木比卖命，其次弟比卖命。又娶伊那毗能大郎女的女弟，伊那毗能若郎女而生的王子，真若王，其次日子人之大兄王。又娶倭建命的曾孙，须卖伊吕大中日子

〔86〕“郎女”乃对于女子亲爱的称呼，男子则称“郎子”。“大郎女”犹言年长的女郎，其年幼者则称“若郎女”。

〔87〕倭男具那命，《日本书纪》写作“日本童男”，即日本武尊的一别名，本居宣长谓具那盖与髻发之意有关，即垂髫云。

王的女儿，诃具漏比卖[88]而生的王子，大枝王。

一一九　此大带日子天皇的王子，据所记录的二十一王，未记的五十九王，总凡八十王。其中有若带日子命、倭建命及五百木之入日子命，此三王子负有太子之名，其余七十七王悉分封为各国的国造，以及和气，稻置及县主等。[89]若带日子命治理天下。小碓命往征东西的凶神，平定不服的人们。其次栉角别王为茨田下连等的祖先。其次大碓命为守君，大田君，岛田君的祖先。其次神栉王为木国之酒部阿比古，宇陀酒部的祖先。其次丰国别王为日向国造的祖先。

一二〇　天皇听得三野国造的祖先，大根王的女儿们兄比卖与弟比卖，容姿美丽，乃命王子大碓命去，召她们来。但是被派遣去的大碓命并不召来，自己却同那两个少女私通了，另外去找来两个女人，假作那两个少女献了上来。于是天皇知觉了是别的女人，便长时间地看着，也不召幸，使那两女人恍惚不安。其大碓命娶了兄比卖而生的王子，押黑兄日子王，此为三野之宇泥须和气的祖先。又娶弟比卖而生的王子，押黑弟日子王，此为牟宜都君等的祖先。在此时代规定田部，又规定东淡水门，

〔88〕诃具漏盖即黑发之意。倭建命有子名若建王，若建王的女儿即诃具漏比卖，世代隔绝，于理无做后妃的可能，此处说是倭建命的曾孙女，明系误记。

〔89〕国造以下均系地方官吏，但由世袭，犹土司之类。

又定膳之大伴部，倭之屯家，又作坂手池，于其堤上植竹。

二　倭建命的西征

一二一　天皇对小碓命说道：

“你的阿兄为什么早晚不出来进食呢？你可专去劝导劝导他吧。”这样说了之后，过了五日，还不曾出来。天皇乃问小碓命道：

“为什么阿兄久未出来？还没去教训他么？”回答道：

“已经教导过了。”又问道：

“那么是怎样教导的呢？”回答道：

“我在早上往厕所去的时候，等着他把他抓住，将手脚拗断了，用蒲包包裹，丢掉了。”于是天皇对于王子凶暴的性情感到恐怖，对他说道：

“今在西方有熊曾建[90]二人，是不肯服从的无礼的人。所以可去杀了他们。”便派遣他去。此时王子的头发还梳在额上。[91]于是小碓命从其姑母倭比卖命得到女人的衣裳，又将小剑纳怀

---

〔90〕熊曾地名，即今熊本鹿儿岛两县，《日本书纪》写作熊袭。熊曾建者犹言熊曾武男的人，兄弟二人，《日本书纪》称为厚鹿文及窄鹿文，惟《古事记》不举其名。

〔91〕《日本书纪》注云：“古俗年少儿年十五六间，束发于额，十七八间分为角子，今亦然之。”“角子”即所谓总角。《日本书纪》称小碓命此时年十六，盖据《古事记》文推而知之。

中而去。

一二二　尔时小碓命到了熊曾建的家去看时，其家的周围有军队三重绕着，造作房屋居住。说是新筑落成，要开宴会，准备食物。于是就在近地行走，等候宴会的日子到来。到宴会的时候，其所梳的头发像童女似的垂了下来，穿着姑母的衣裳，扮成童女模样，夹杂在女人中间，走进房里。尔时熊曾建兄弟二人看见这个少女，心里喜悦，叫他坐在自己的中间，开始宴会游乐。在酒宴正是热闹的时候，小碓命从怀中取出剑来，抓住熊曾建的衣领，用剑从胸间刺通，这时候其弟弟看见，恐惧逃了出去。乃追至台阶底下，抓住背脊，用剑从后面刺通了。尔时熊曾建说道：

"你且别动这刀，[92]我有话要说。"乃暂许不动，爬着按住了。于是说道：

"你是谁呀？"答道：

"我乃在缠向之日代宫，治理八大岛国[93]的大带日子淤斯吕和气天皇的王子，名叫倭男具那王的便是。因为听得你们熊曾建二人，不服而且无礼，所以叫来杀你们的。"尔时熊曾建说道：

---

〔92〕熊曾建被刺未即死，当时如将刀拔去，将即死去，现因尚有话要说，故要求勿动。

〔93〕八大岛国即日本代称，见上文第六节。

“可不是嘛。在西方除我们二人之外，没有武勇的人了。但在大倭国，却还有比我们更是武勇的人。以是我要把御名献给你。自今以后，你可称为倭建王子吧。”这话说了，便同熟瓜一样的，被斩杀了。这样归还的时候，山神，河神以及海峡之神，悉皆平定，遂回京来了。

三　出云建

一二三　倭建命来至出云，意欲杀出云建，便去交结他做朋友。私下将赤梼做成假刀，佩在身边，共去肥河洗浴。尔时倭建命先从河里上来，把出云建解下放在那里的大刀，取来佩了，说道：

“我们把刀对换一下吧。”所以后来出云建从河里上来，佩了倭建命的假刀。于是倭建命又说道：

“现在且来比刀吧。”大家各自拔刀的时候，出云建的假刀拔不出来，倭建命即拔出刀来，将出云建击杀了。尔时作歌曰：

“云气何蒙茸，〔94〕
出云建所佩的大刀，
藤蔓缠得多好，〔95〕
只是没有刀身。

---

〔94〕“云气何蒙茸”系修词上的枕词，照例加在出云的名词的上面。

〔95〕此言刀鞘及柄上多缠有葛蔓，以为装饰，今多用以编织篮筐。

好可惜呀！”

如是平定了，乃上京复奏。

四　倭建命的东征

一二四　于是天皇继续对倭建命说道：

“东方十二道犹有凶神与不服的人，你去平定吧。”乃命吉备臣等的祖先，御暗友耳建日子为副，其时赐给枸骨木〔96〕之八寻矛。他受了命令出发，到伊势大神宫，拜于神的庙廷，对其姑母倭比卖命〔97〕说道：

“天皇的意思大概是想我早点死吧。不然为什么派我去击西方的恶人，回来没有多少时候，这回并不给我军众，又派出去平定东方十二道的恶人呢？因此想起来，还是在想要我早点死。”说着心里悲伤，便哭泣起来的时候，倭比卖命给他草薙之剑，并一个口袋，说道：

“若有急事，可打开袋口来看。”

一二五　到了尾张国，住在尾张国造的祖先，美夜受比卖

---

〔96〕“枸骨”原文作“比比罗木”，冬青之属，叶尖有刺，古代信有威力，能碎鬼怪。立春前夜，以枸骨刺鰯鱼（沙丁鱼）之头，立门窗外，此风至今犹存。

〔97〕当时倭比卖命以王女在伊势大神宫，任斋主的职务，称曰斋宫，犹后世的巫女。

的家里。本来欲结婚，但想还是回来的时候好，于是定了契约，往东国去了，将山里河里的凶神以及不服的人们悉皆平定了。尔时到了相武国，那里的国造假造诳话来告诉道：

“这里原野中间，有一个大的池沼。这个沼里住着的神是个很凶暴的神。”[98]于是便进原野去观察那神的时候，国造便在野上放起火来。倭建命知道是被骗了，即打开其姑母倭比卖命所给的袋口来看，只见里头是一块火石。于是先以刀割去周围的草，用那火石打出火来，相对放火，烧退过去，及至出来其国造等悉皆斩杀，因即放火烧却了。[99]故其地至今名曰烧津。

一二六　从那里上去，将要渡过走水海的时候，其渡口的神兴起波浪来，船飘荡着前进不得。尔时王后弟桔比卖命说道：

“我愿意替代王子入水。[100]那么王子所派遣的任务可以完成，前去复奏。”说了这话将要入海的时候，将草席八张，皮席八张，绢席八重，铺在波浪上面，随后坐在这上面下去了。

---

〔98〕所谓“凶暴的神”，即是指不服的土著的酋长。

〔99〕这里是那草薙剑的出典，因为先用剑薙去周围的草，以免延着。相对放火，本居宣长谓能使野火减弱，《汉书·李陵传》亦有“抵大泽葭苇中，虏乘上风纵火，陵亦令军中纵火以自救”之文，但语焉不详，不知是如何对放。近人黑板胜美解说，谓当先从所在地方烧起，及上风的火延烧过来，则此处已空无所有，可免于难，其说较为明确。又原文第二次说放火烧却，乃是指所斩杀的敌人尸首，故积聚焚烧，但他处不见同样记载，大概因为说明烧津地名的缘故吧。

〔100〕古代迷信，如海兴风浪，船不能进，相信海神欲得祭品，必须从舟中选取珍物，或美人，投入海中，风浪乃能平息。

于是风浪自然止息，船乃得进。尔时王后作歌曰：

“高高耸立的相模国的原野，
烧着的火焰，
在这样火焰中间，
还问起我的夫君啊！”〔101〕

经过了七日之后，王后的栉漂着到了海边。乃取其栉，作陵墓收容了它。

一二七　从那里前进，悉平定了凶暴的虾夷，〔102〕又山河的凶神亦已平定，回来的时候，到了足柄的坂本，正在进食，其时坂神〔103〕变为白鹿，来到跟前。于是将所吃剩的野蒜的剩余打了过去，中在眼睛上便把它打死了。登上坂坡的时候，〔感念王后的事情，〕深为感叹，说道：

---

〔101〕这首歌乃弟桔比卖命临入水的时候，怀念王子的恩情而作，谓当年遇见野火，万分危急时，尚记念我。

〔102〕虾夷指埃奴人，日本原住的人民，今尚存东北一带，因为多须，故俗称虾夷。古来抵抗日本民族的侵袭，最为勇猛，史称“一骑当千”，后世历代将军故犹袭称“征夷大将军”，这名称直至十九世纪始行废止。

〔103〕此坂神与第一二九节科野的坂神，均指虾夷的酋长，不过这里能变白鹿，有传说的意味罢了。

"唉唉吾妻呀！"[104]因此其国便称作吾妻。

一二八　从这国过去，走到甲斐，住于酒折宫的时候，作歌曰：

"经过了新治与筑波，

〔到了此处，〕已经睡了几夜？"

尔时烧火的老人[105]听了，续下去道：

"算起日子来，夜是九夜，

日是十日了。"

于是王子很称赞这老人，叫他做了东国造。

一二九　从那国过去到了科野国，平定了科野的坂神，乃回到尾张国，住在以先有期约的美夜受比卖那里。在进食的时候，美夜受比卖捧了酒杯献上来。其时在美夜受比卖的衣裾上，有月经附着着。王子看见了乃作歌曰：

---

〔104〕原文作"阿豆麻波夜"，"波夜"是感叹词，"阿豆麻"义云吾妻。下文地名吾妻亦作阿豆麻，意云彼端，盖指远方，今通常写作"东"字，犹云东国。

〔105〕"烧火的老人"乃燃火守夜的人，后世卫士在仪式的时候，焚烧庭燎，盖其遗风。

"瓢形的[106]天之香具山，
像快的镰刀似的横渡的白鹄，[107]
那么细弱的柔腕，
我虽是要抱了睡，
我虽是想枕了睡，
但是在你穿的衣裾上，
月亮出来了。"

尔时美夜受比卖乃答歌曰：

"日光高照的日之御子，
天下平安的我的君王，
新的年来了又过去了，
新的月来了又过去了。
真是久等着你的来临，
我所穿的衣裾上，
所以月亮出来了。"

于是便结婚了，将所佩草薙之剑，留下在美夜受比卖那里，前去击伊服岐能山的神去了。

---

〔106〕原本"天"的形容的枕词，例作"久坚"，解作永久存在，似是后起的附会。一说解作瓢形，谓形似圆瓢，较为适合。

〔107〕"白鹄"原本作"杙"，解作草木经镰刀削去后剩下的根株，但与下文不甚连贯。或读为"白鹄"，快的镰刀乃是形容鸟的飞渡，再以鸟颈引起柔腕，似较为有意义，所以取了这一说了。

五　思乡之歌

一三〇　于是王子说道：

“我要空手取那山神来。”走到山上的时候，在山边遇见了一只白的野猪，其大如牛。尔时乃说大话道：

“这化为白的野猪的，大概是神的使者吧。现在且不杀它，等回来时再杀。”说着仍旧上去。于是山神降了大雹，倭建命乃忽然昏倒了。这个化作白的野猪的，原来不是神的使者，乃是神的正身，因为王子说了大话，所以昏迷了。乃下山回来，到了玉仓部之清泉，休息着的时候，心里稍为清醒一点了，故谓其清泉曰居寤清泉。

一三一　从那里出发，到了当艺野的时候，说道：

“平时我的心总觉得在空虚中飞行的样子，现在我的脚不能走路，成了转舵的形状了。”所以那地方便叫作当艺。〔108〕从那里稍为前行，因为觉得很是疲劳，乃拄着杖走路。所以那地方叫作拄杖坂。到了尾津崎的独棵松树的地方，在以前进食的时候，忘记了的大刀却还没有失掉，仍在那里。尔时作歌曰：

“直对着尾张国的

尾津崎的独株松树啊！

---

〔108〕“当艺”原义盖是舵，此言行走不便，转向费力，为说明地名当艺之故，觉得文义不很畅达了。

你若是个人，

便叫你佩上大刀，

叫你穿上衣服，

我的独株松树！”

从那地方到三重村的时候，说道：

“我的腿像三重饼[109]样子，很是疲倦了。”所以那地方便叫作三重。

一三二　从那地方到了能烦野的时候，思乡而作歌曰：

“大和是最胜的地方，

重叠围绕着的青的墙垣，

围在山里的大和真美丽呀！”

又歌曰：

“性命保全的人们，

蒲席几重的平群山上的[110]

大叶白梼的叶子，

拿来插在那人的头上吧。”

这歌乃是思乡之歌。又歌曰：

---

〔109〕原文作“三重之勾”，古代有勾饼，用糯米粉捏如螺贝之状，用油煎之，或称糫饼，盖是中国古名，疑即寒具之类。此言王子的腿肿，有如勾饼的三重，即是三叠。

〔110〕“蒲席几重”系形容的枕词，与下文平群山相关，分开来说，无甚意义。

"可爱呀，

从我的家乡方面，

升上来的云气！"

此乃是片歌。[111]此时病很重了，乃作歌曰：

"在少女的床边，

我放下来的

那佩刀啊，

那个刀呀！"[112]

作此歌竟，即升遐了。于是乃遣驿使奏闻。

六　白鸟之陵

一三三　于是在大和的后妃及王子等，悉皆到来，建造陵墓，在那附近地方匍匐而行，号泣作歌曰：

"附近的田里的稻茎，

在那稻茎上，

爬行着的萆薢的藤蔓。"[113]

---

〔111〕和歌照例由五句三十一字组成，片歌犹言一半，系指旋头歌的前半片，故有三句，计二十一字。

〔112〕此纪念草薙剑之歌，意言此剑如在，便不至中山神的毒气，以至于死了。

〔113〕萆薢见《本草》，不知俗名为何。乃薯蓣科的蔓生植物，这里以藤蔓曼延为比，形容匍匐行走的状况。

于是神灵化为八寻白鸟，[114]飞翔天空，向着海边飞去。尔时后妃及王子等，其足虽为小竹的刈株割破，也忘记了痛苦，哭着追去。其时作歌曰：

“在小竹的原野中间，
腰腿走不动，
并不在空中走呀，[115]
乃是用脚走。”

又走进海水里边，走动很是吃力，又作歌曰：

“到了海的方面，
腰腿走不动，
像大河里的水草一样，
在海面漂浮着。”

鸟又飞到海边去，其时作歌曰：

“海边的海燕，
海边是不能走，
是要沿着岩石走的呀。”[116]

此四首皆下葬时所唱的歌。自后至今，尚用于天皇的葬式。

---

〔114〕“八寻”言其大，“白鸟”系泛指白色的鸟，或即是下文的“海燕”（千鸟），亦未可知。此处盖说白鸟即倭建命的神灵所化。

〔115〕歌言在竹丛中行走不便，因为鸟在空中飞翔，人不能跟从，要用脚在地上走着。

〔116〕在海边追鸟，也很不容易，因为不能沿着一直平坦的海边走去，必须从这块岩石跳到那块岩石。

那白鸟从此地飞翔出去，至于河内国的志儿乃停住了。于是就在那里造起陵墓来，就下葬了。乃即称其陵墓曰白鸟之御陵。然其后更从那里，飞翔而去。倭建命平定诸国而巡行着的时候，久米直的祖先名七握胫者，一直从行，充当膳夫的事。

七　倭建命的世系

一三四　倭建命娶伊玖米天皇的王女，布多迟能伊理毗卖命而生的王子，带中津日子命，一位。又娶了入于海里的弟桔比卖命而生的王子，若建王，一位。又娶近淡海之安国造的祖先，意富多牟和气的女儿，布多迟比卖而生的王子，稻依别王，一位。又娶吉备臣建日子的妹子大吉备建比卖而生的王子，建贝儿王，一位。又娶山代之玖玖麻毛理比卖而生的王子，足镜别王，一位。又妾出的王子，息长田别王。总计倭建命的王子，凡有六位。

一三五　带中津日子命治理天下。其次稻依别王为犬上君，建部君等的祖先。其次建贝儿王为赞岐绫君，伊势别，登袁之别，麻佐首，宫首别等的祖先。足镜别王为镰仓别，小津，石代别，渔田别的祖先。其次息长田别王的儿子为杙俣长日子王。此王的子女，饭野真黑比卖命，其次息长真若中比卖，其次弟比卖，凡三位。上面所说若建王娶了饭野真黑比卖而生的王子，须卖伊吕大中日子。此王娶淡海之柴野入杵的女儿，柴野比卖而生的王女，诃具漏比卖命。大带日子天皇娶此诃具漏比卖命而生的王子，大江王，一位。[117]此王娶庶妹银王而生的王子，大名方王，其次大中比卖命，凡二位。此大中比卖命为香坂王与忍熊王的母亲。

大带日子天皇御年一百三十七岁，御陵在山边之道上。

八　成务天皇

一三六　若带日子天皇（成务天皇）在近淡海的志贺之高穴穗宫，治理天下。此天皇娶穗积臣的祖先，建忍山垂根的女儿，弟财郎女而生的王子，和诃奴气王，一位。乃以建内宿祢为大臣，[118]定大国小国的国造，及诸国的疆界，大县小县的县主。

天皇御年九十五岁，乙卯年三月十五日升遐，御陵在沙纪之多他那美。

---

〔117〕见注〔88〕。

〔118〕大臣为廷臣中最高的位置，以后由建内宿祢的子孙历代世袭。

六　仲哀天皇

一　后妃及皇子女

一三七　带中津日子天皇（仲哀天皇）在穴门的丰浦宫及筑紫的诃志比宫，治理天下。此天皇娶大江王的女儿大中津比卖命而生的王子，香坂王，忍熊王，凡二位。又娶息长带比卖命，这王后所生的王子，品夜和气命，其次大鞆和气命，又名品陀和气命，凡二位。此太子所以得名大鞆和气命的缘由，因为初生的时候，在腕上生有鞆形[119]的肉，故取这名字。以是在腹中的时候，就平定邦国。在这时代，乃设立淡道的屯仓。

二　神功皇后

一三八　皇后息长带比卖命（神功皇后）当时为神所依

〔119〕竹鞆已见上文第二四节，惟后世的鞆，多用革制，故字从革，乃系日本自制文字，中国所无。此系半月形的皮袋，中入兽毛，以皮带系着左臂，以防射时弓弦弹着。

附。[120]尔时天皇在筑紫的诃志比宫，想要去击熊曾国的时候，天皇弹着琴，建内宿祢大臣在斋场，请命于神。皇后乃降起神来，说神的教示道：

“西方有一国，黄金白银，以至种种照耀人眼睛的珍宝，其国多有，我今将其国赐给你们。”尔时天皇答道：

“走上高的地方，往西方望去，不见国土，只有大海罢了。”谓神说假话，推开琴不再弹，便默不作声了。于是其神大为恼怒，说道：

“凡是这个天下，不是你所应该治的。你就只向着你的路一直下去吧。”[121]于是建内宿祢进白道：

“至为惶恐，请天皇仍旧弹那琴吧。”天皇乃把琴稍为拉过来，勉勉强强的弹着，那时不久就不闻琴声了。即点起火来看时，却已经升遐了。[122]

一三九　于是惊惶恐惧，迁到殡宫那里，更从国内取集币

---

〔120〕日本古奉神道教，犹现今的萨满教，用降神之术，使神附于人，听取教示。其情形略如下文所记，寻常以妇女为较多，神功皇后乃历史最杰出的女巫。

〔121〕这里所谓“路”是指黄泉国的一路。

〔122〕《日本书纪》中记一说云：“天皇亲伐熊袭，中贼矢而崩也。”但下文那么张皇失措，举行大祓，则似不是寻常死亡，故有如此大规模的宗教仪式。

帛，[123]搜寻生剥，倒剥，毁坏田塍，填塞沟渠，净地拉屎，上通婚，下通婚，[124]马婚，牛婚，鸡婚，犬婚，种种罪恶，举行国之大祓，也命建内宿祢在斋场，请命于神。其所教示，具如前日那样，神教谕道：

“凡此国土，为此王后腹中的王子所应治的国。”

一四〇　尔时建内宿祢说道：

“大神，诚为惶恐，敢问此神[125]腹中的御子，是怎么的御子呢？”答道：

“是男的御子。”于是更请道：

“现在这样教示的大神，是什么名号，想要知道。”即答说道：

“这是天照大神的御心，并且也是底筒男，中筒男，上筒男三位的大神。（三位大神的名字亦显扬于此时。）今如诚欲寻求其国，可对于天神地祇，以及山神，河海诸神，悉奉币帛，

---

〔123〕天皇死在筑紫的诃志比宫，故此国内限于筑紫。据《神祉令》所载：“凡诸国须大祓者，每郡出刀一口，皮一张，锹一口，及杂物等，户别麻一条，其国造出马一匹。”“币帛”原文云“奴佐”，意即云麻，故各户出麻一条，后改用布帛，文字遂也写作“币”了。

〔124〕“生剥”以下五项犯罪，所谓天上罪，起源于建速须佐之男命，见上文第二七节。“上通婚”以下六项所谓地上罪，乃指亲属通奸，及各种兽奸是也。

〔125〕此处“神”字即等于“人”。古代称土著的人常曰神，屡见上文。

将我的御魂供在船上，把真木的灰[126]装入瓢内，并多作筷子和叶盘，[127]悉皆散浮大海之上，那样的渡过去好了。”

一四一　于是具如神所教示，整备军队，将多数船只并排着渡过去的时候，海里的鱼类不问大小，悉出来背负船只而渡。尔时顺风大作，船跟着波浪前进。其御船的波浪，涌上新罗国，已及国土之半。因此国王乃大畏惧，上奏道：

“今后当遵天皇的命令，愿为饲马的人，使每年多船船腹不干，舵楫常湿，[128]永行供奉，与天地共无休止。”是故遂定新罗国为御马饲，以百济国为渡所的屯仓。因以杖立于新罗国主的金门，[129]使墨江大神的荒魂[130]为国之守神，祭祀而还。

---

〔126〕“真木”者良材之意，建筑上系指桧木，这里也是指桧吧。“真木的灰”用处不详，大概是咒愿海上平安的东西。

〔127〕“叶盘”原文写作“比罗传”，义云平手，以槲树等阔大的叶，数枚作一叠，用竹针刺作盘碟之状，盖用以盛神馔者，用于供养海神。

〔128〕此言永久进贡，无时或息，“舵楫常湿”原本亦作“舵楫不干”，与上句重复。

〔129〕史言此时封重宝府库，收图籍文书，以带有矛头的杖植于王城的门前，永传后世。门曰金门者，盖取坚固的意思。

〔130〕墨江大神即是底筒之男命等三神，见上文第二〇节。“荒魂”者，神道凶猛可畏的一方面。

三　镇怀石与钓鱼

一四二　在军政大事还未完毕的期间，其腹中所怀的御子将要生产下来了。为的镇住肚腹，乃取石头，系在下裳的腰间，等回到筑紫国的时候，王子遂生产了。其生王子的地方，称作宇美。[131]又其系于下裳的石头，今在筑紫国的伊斗村。又到了筑紫末罗县的玉岛里，在河边进食的时候，正值四月的上旬，乃坐河中的石矶上，抽取下裳的丝缕，以饭粒为钓饵，钓取河里的年鱼。[132]其河名为小河，其石矶的名字是谓胜门比卖。故四月上旬的时候，女人抽取下裳的丝缕，以钓年鱼，至今不绝。[133]

四　香坂王与忍熊王

一四三　息长带比卖命回到倭国来的时候，人心惶惶，因具一只丧船，将王子乘在丧船里，先扬言道：

“王子已经薨去了。”这样地一路上来，香坂王与忍熊王

---

〔131〕“宇美”训作“生育”。

〔132〕年鱼形似鳟而小，有细鳞，春生夏长，秋衰冬死，故名年鱼，中国不知何名。此处记神功皇后西征传说，以钓鱼为“祈狩”，谓“若有成事，河鱼饮钩，因以举竿，乃获细鳞鱼”，是以鱼为占，故后人遂以鲇字充年鱼焉，其实鲇乃是鲶鱼，与年鱼绝非一物。

〔133〕今俗传妇女往钓，多有所获，若男人钓者则无所得云。

闻知意想邀击，前进至斗贺野，乃设誓愿而狩猎。[134]其时香坂王方走上一棵栎树，有很大的野猪愤怒奔出，掘倒了栎树，将香坂王咬死了。可是其弟忍熊王对于这预兆毫不畏惧，仍旧举兵相向，将赴丧船，以为系空船而加攻击。尔时乃从丧船放下军士来，遂相战斗。此时忍熊王以难波之吉师部的祖先，伊佐比宿祢为将军，太子的方面则以丸迩臣的祖先，难波根子建振熊命为将军。追敌军退走至于山代的时候，又复立定，各不退让而战。于是建振熊命乃设诈谋云：

“息长带比卖命因为既已崩了，可以不必更战。”乃绝弓弦，佯为归顺。于是对方将军相信这个假话，将弓弦解了，兵器也收藏起来了。尔时于发顶之中取出所预藏的弓弦（这一名储弦），乃更张弓追击。退至逢坂，复相对立而战，终乃追迫至于沙沙那美，其军悉被斩灭。于是忍熊王与伊佐比宿祢共被追逼，乃乘船而浮于海，其时作歌曰：

“喂，朋友啊，
与其被建振熊所伤，
倒不如同水活卢似的
钻到这淡海的水里去啊！”

歌毕乃共入海而死了。

---

〔134〕此即所谓“祈狩”，谓有所祈请，看打猎的结果，而占卜所请的事件的吉凶。

五　气比大神

一四四　建内宿祢带了那王子想去举行袚除的仪式，[135]经过淡海及若狭国的时候，到了高志崎的角鹿地方，在临时的宫殿里住下。其地的伊奢沙和气大神夜里见梦道：

“我想把我的名字，换作王子的御名。”建内宿祢表示贺意，并且说道：

“很是惶恐，就照所说的换吧。”那神又说道：

“明天早晨，可到海边去看，我要送一点换名字的礼物。”次日早晨到海边去看时，有鼻子毁坏了的海豚[136]，在一个海湾里浮着。于是王子乃对神说道：

“这是神把自己所吃的鱼赐给我了。”故称神的名号曰御食津大神，今亦称为气比大神。[137]又其海豚的鼻血是臭的，故称其海湾曰血浦，今叫作都奴贺。

六　酒乐的歌曲

一四五　从那地方上来回到大和的时候，母后息长带比卖

---

〔135〕因为有了香坂忍熊二王的反叛，故当举行袚除，不过没有像仲哀天皇的严重，故并不是大袚除罢了。

〔136〕海豚乃水中的哺乳动物，长六七尺至一丈余，其鼻甚长，捕时投枪中其鼻。因为习性来时成群，故或说“一浦皆满”，今只作一处解。

〔137〕“气比”《日本书纪》写作“笥饭”，敦贺（都奴贺）的旧名。本居宣长云，气比者“食灵”之义。

命酿酒等待着，到来时献奉了。其时母后作歌曰：

“这酒不是我的酒，
乃是医药之神，
在常世国的
像岩石立着的
少名御神[138]的，
庆祝千秋，
庆祝万岁，
来献的御酒。
来，来，一滴不剩地喝干了吧！”

这样地歌了，献上御酒。尔时建内宿祢乃为王子答歌曰：

“这个酒的
酿造的人们，
把大鼓当作捣吧，
唱着歌在酿造，
跳着舞在酿造，
所以这个酒是，

〔138〕少名御神即上文少名毗古那命，见上文第四七节，云那个少名毗古那命便渡到海那边去了，即本文所云“常世国”。

这个酒是分外地快乐。”

这乃是酒乐的歌曲。

此带中津日子天皇御年五十二岁，壬戌年六月十一日升遐，御陵在河内的惠贺之长江。皇后御年一百岁而升遐，葬于狭城的楯列之陵。

七　应神天皇

一　后妃及皇子女

一四六　品陀和气命（应神天皇）在轻岛的明宫，治理天下。此天皇娶品陀真若王的女儿，三位王女，一位名为高木之入日卖命，其次为中日卖命，其次为弟日卖命。此王女的父亲品陀真若王乃五百木之入日子命娶尾张连的祖先，建伊那陀宿祢的女儿，志理都纪斗卖而生的儿子。高木之入日卖命的王子为额田大中日子命，其次为大山守命，其次为伊奢之真若命，其次为妹大原郎女，其次为高目郎女，凡五位。中日卖命的王子为木之荒田郎女，其次为大雀命，其次为根鸟命，凡三位。弟日卖命的王子，为阿倍郎女，其次为阿具知能三腹郎女，其次为木之菟野郎女，其次为三野郎女，凡五位。又娶丸迩之比布礼能意富美的女儿，宫主矢河枝比卖而生的王子，宇迟能和纪郎子，其次为妹八田若郎女，其次为女鸟王，凡三位。又娶矢河枝比卖的女弟袁那辨郎女而生的王女，宇迟若郎女，一位。又娶咋俣长日子王的女儿息长真若中比卖而生的王子，若沼毛二俣王，一位。又娶樱井田部连的祖先，岛垂根的女儿系井比卖而生的王子，速总别命，一位。又娶日向的泉长比卖而生的王子，大羽江王，其次小羽江王，其次幡日若郎女，凡三位。又娶迦具漏比卖而生的王子，川原田郎女，其次玉郎女，其次忍坂大中比卖，其次登富志郎女，其次迦多迟王，凡五位。又娶葛城野伊吕卖而生的王子，伊奢能麻和迦王，一位。此天皇的子女总计二十六王，王子十一人，王女十五人。其中大雀命治理天下。

二　大山守命与大雀命

一四七　尔时天皇对大山守命及大雀命问道：

“你们觉得兄弟中间，大的和小的，哪一个更是可爱呢？”天皇所以发这个问，是因为有心想把天下传给宇迟能和纪郎子。但是大山守命却答道：

“那是大的可爱。”随后问到大雀命的时候，他猜出了天皇发问的意思，回答道：

“大的兄弟已经长大了，没有什么发愁的事，但是小的还未成人，所以要更觉得可爱了。”天皇听了说道：

“雀呀说得好，正合我的意思。”于是各各下谕道：

“大山守命可管理海山的事务，[139]大雀命可摄理天下的政治，宇迟能和纪郎子可继位为天皇。”以后大雀命果然没有

---

〔139〕此言海部山部设立的起源，见下文第一五一节。其后大山守命叛变，大雀命与宇迟能和纪郎子互让天下，见下文第一五三节。

违背天皇的命令。

三　矢河枝比卖

一四八　有一个时候，天皇往近淡海国，在宇迟野上面站着，眺望着葛野，乃作歌曰：

“望着千叶的葛野，

千百个饶足的人家看见了，

群山环绕的国土也看见了。”

随后到了木幡村的时候，在路上遇见了一个美丽的少女。尔时天皇乃问少女道：

“你是谁家的女儿？”回答道：

“我是丸迩之比布礼能意富美的女儿，名叫宫主矢河枝比卖。”天皇乃对那少女说道：

“我明天归来的时候，到你的家里去。”矢河枝比卖乃将其事详细告知了她的父亲。于是其父回答道：

“那是天皇，很是惶恐，当令我子去供奉。”于是严饰其家，等候着，到了明日果然来了。于是大献酒食，其时命其女矢河枝比卖取大酒盏以进。天皇执大酒盏，作歌曰：

“这个螃蟹啊！[140]

是哪里的蟹呀？

通行各处的角鹿的螃蟹，

横着走到哪里？

到伊迟知岛与美岛，

水活卢似的屏气潜行着。

走过高低不平的坂路，

径直的往前去，

在木幡的路上，

遇见了一位娘子。

后身像是楯牌的样子，

牙齿像是椎树子。[141]

栎井的丸迩坂的土呀，

上层颜色是红的，

底层又是红带黑，

只有三层中间的泥土，

没有晒着当头的猛火，

---

〔140〕螃蟹在上古时代极是普通的食物，大约在飨享中亦适有是物，故用以起兴。首六句是问答体，说蟹是怎么来的，从七句起则天皇自己说话，说他走到那里，遇见矢河枝比卖的事情。

〔141〕后身看去像是楯牌，言腰身挺直，牙齿则像是椎树的实，或言如椎实又如菱，则似费解，且亦不词。

拿来浓浓地画着眉毛，[142]

我遇着的那位娘子！

这样那样的想我所看见的娘子，

那样这样的想我所看见的娘子，

如今在宴飨的中间，

能够相向对坐呀，[143]

能够凑在一起呀！”

乃结婚而生的王子，是即宇迟能和纪郎子。

四　发长比卖

一四九　天皇又得知日向国诸县君的女儿发长比卖，容颜美丽，想要使唤，便叫去召来的时候。太子大雀命在那娘子停泊在难波津时，见其姿容端正，很是爱着，乃告建内宿祢大臣，说道：

“这个从日向召来的发长比卖，请你到天皇跟前说一声，赐给我了吧。”尔时建内宿祢大臣当即上奏，天皇遂将发长比卖赐给王子了。其赐予的仪式是，天皇在酒宴的时候，命发长

〔142〕三层的泥土上下皆不适用，唯居中者宜于画眉，形容少女的眉画得好。

〔143〕语意不明，或解作“转”，意云当时胡思乱想，今不意得如所愿。

比卖拿了御酒的柏叶杯[144]，赐给太子。尔时天皇作歌曰：

“小子们，来吧，
去采野蒜去。
我去采野蒜的路上，
看见芳香的花桔，
上边的枝是鸟弄枯了，
下边的枝是人采枯了，
三枝中央的枝头，
有含苞的红颜的娘子，
喂，摘了来好吧！”

又歌曰：

“积水的依网池里，
下去打桩时，
给菱壳[145]刺了脚也不知道，
莼菜蔓延着也并不知道，
我的心的鲁钝啊，
说来正是后悔不迭呀！”

天皇这样作歌以赐。太子得到这个娘子以后，作歌曰：

“远地的古波陀的娘子，

---

〔144〕 柏叶杯为古时酒盏，以厚实的阔叶树叶作为饮食器皿，柏系假借字，中国应作栎或槲字。

〔145〕 原文此处脱漏，今据本居宣长说补。

像雷似的闻着名，[146]

如今却得相抱睡着呀！”

又歌曰：

“远地的古波陀的娘子，

毫不抗拒地同我睡了么，

觉得真是可爱呀！”

五　国巢的歌

一五〇　吉野的国巢[147]等看见大雀命所佩的刀，作歌曰：

“品陀的日子御子，

大雀呀，大雀，[148]

所佩的大刀，

从本到末锐利如冰雪，

如冬天树叶落时，

---

〔146〕原文云“神似的”，解作“鸣神”之略，即雷神，谓闻名已久，或只作神解，盖云未得见面，但凭想象而已。二说均可通，今且从第一说。

〔147〕原文作“国主”，但上文第七八节已有，写作“国巢”，亦作“国栖”，谓古代穴居的土人。《常陆风土记》云：“常居穴，有人来则入窟。”

〔148〕品陀是应神天皇的名字，大雀是王子的名字，这里却并不忌讳，都直呼其名，盖是古代的遗风，还不曾受中国避讳的影响，当时且有规定名称的部属，继承名号，以为记号之俗。

飒飒的响。”[149]

又在吉野白梼生近傍，作为横臼，酿造御酒，于其献御酒时，口作击鼓声，两手演艺，而作歌：

“在白梼生的地方，

制作了横臼，[150]

从这横臼酿造的御酒，

美味的请尝吃吧，

我们的阿爹！”[151]

此歌在国巢等举行大贡献时，常歌之以至于今。

六　文化的渡来

一五一　在这时代乃规定海部、山部、山守部、伊势部的从属。作剑池。又有新罗人渡来，以是建内宿祢命引率了，服役筑堤掘池，作百济池。百济国王照古王以牡马一匹，牝马一匹，付阿知吉师上贡。[152]此阿知吉师为阿直史等的祖先。王又贡

---

〔149〕此歌下半有各种解说，今只取其大意如此。

〔150〕横阔的木臼，与直而深的称竖臼者相对，此言以做酒的材料，入臼中舂碎而酿酒也。

〔151〕此处“阿爹”指受御酒的人，即指天皇。

〔152〕《日本书纪》言贡良马二匹，盖为马匹改良之用，又云，“即养于轻坂上厩，因以阿直岐令掌饲”。阿直岐即此处的阿知吉师，吉师者尊称，《日本书纪》略作“岐”。后世职为“史”，义云“书人”，称阿直史，掌文书国史地志之属。

横刀及大镜。又命百济国道：

“若有贤人，亦上贡。”于是受命进贡者的人的名为和迩吉师，即以《论语》十卷，《千字文》一卷，[153]付是人上贡。此和迩吉师为文首等的祖先。又长于手艺的人，有韩锻名卓素，吴服名西素者二人，亦同时贡上。又秦造的祖先，汉直的祖先，及知酿酒的人名仁番，又名须须许理等人，亦均渡来。[154]

一五二　此须须许理乃酿御酒以献。于是天皇因所献御酒而快乐，乃作歌曰：

“须须许理的
所酿的御酒，
我醉倒了，
这太平酒，快乐酒，

---

〔153〕和迩吉师，后世多依《日本书纪》称为王仁，初次将书籍传入日本，见于记录者。《千字文》为梁周兴嗣所作，王仁来献书在应神天皇十六年，为晋武帝太康六年（二八五），尚要早二百余年，故一般学者皆谓所持来者乃是小学书，如史游《急就章》之类，不过名目相同耳。文首者，司文书之首长。

〔154〕韩锻者，三韩人的锻工，吴服者，中国衣料的织工。秦造汉直，皆三韩移民，自称系秦人汉人之后，居于乐浪带方二郡，后由弓月君及阿知主使分别率领归化，遂成二族。秦训机织，汉训绫文，皆与织物相关。酿酒之术日本以前已有，此盖新法，仁番系人名，而须须许理则或是诨名，言饮酒时撮口作声，上文叙国巢人酿酒作歌，“口作击鼓声”，可作参考。这种新法的酒或特别好吃，故天皇因而醉歌，以杖击石，至于硬石头也避醉酒人之俗语，不过言醉人无可理喻而已。

我醉倒了！”

这样的作着歌，走着的时候，拿起御杖，要打大坂路上的大石头，那石头逃走开了。故谚语有云：硬石头也避醉人。

七　大山守命与宇迟能和纪郎子

一五三　尔时天皇升遐以后，大雀命遵从天皇的命令，以天下让给宇迟能和纪郎子。但大山守命却欲违天皇命，去得天下，有袭杀其王弟的意思，偷偷的备兵进攻。大雀命得知其兄备兵的事，即遣使者，去告知宇迟能和纪郎子。王子闻而出惊，乃伏兵河边，于山上张设绢围，建立帷幕，诈使舍人〔155〕伪为王子，露坐胡床上，百官恭敬往来，悉如王实在的样子。尔时其王兄将欲渡河的时候，更严饰舟楫，取五味子〔156〕捣根，取其黏滑之汁，以涂船中的竹编跳板，俾踏在上面即会跌倒，其王子自身服大布的衣裤，装作执役贱者的形状，执楫立在舟中。

一五四　于是其王兄使兵士隐伏起来，衣内服铠甲，走到河边，将欲乘船的时候，望见其处严饰，以为其弟王坐胡床上，不知其执楫立于船上。遂问执楫者道：

---

〔155〕舍人即天皇及王子的侍臣。

〔156〕五味子系一种蔓生植物，叶经冬不凋，著实如天竹，取其根汁甚滑且粘，古人取以涂发，名为鬟葛。

“传闻山上有一只怒的大野猪，我要去捕这头猪，这头猪可以得到吗？”执楫者答道：

“这不能得到吧。”问道：

“为什么缘故呢？”答道：

“时时有人想去捕，却不能得到。所以我说不能得到吧。”既渡到河中间的时候，就叫这船倾侧了，使得他堕落水里去。[157]尔时乃浮出水面，随水流去，一面飘流着，作歌曰：[158]

“急流的宇迟川渡头，
谁有拿桨敏捷的人，
快来救我吧！”

一五五　于是河边伏兵，这里那里，一时俱兴，张弓注箭，追往下流。至于诃和罗崎，遂乃下沉。乃以钩探其沉处，着衣下的穿的铠甲，作声诃和罗，故谓其地曰诃和罗。[159]尔时钩出其尸，弟王乃作歌曰：

“急流的宇迟川渡头，
排在渡口的梓弓与檀弓，
射吧心里虽是这么想，

---

〔157〕船板滑泽取其倾跌，盖今即无效，故改用他法，便自落水。

〔158〕漂流着唱歌，似非当时情理所有，当系山守部部属表现故事时所为。民间故事中则常有此类情节，如“猴儿女婿”一则，说猴子堕溪谷中，便漂流着唱歌曰：“猿泽呀，猿泽呀，阿藤的母亲要哭呀！”

〔159〕“诃和罗”盖言金属相触发声，犹云嘎啦。

杀吧心里虽是这么想，
但本的方面想起了父亲，
末的方面想起了妹子，[160]
想到这里好不心痛，
想到这里好不悲伤，
所以终于没有射出去
那个梓弓与檀弓。”

其大山守命的尸首，葬于那良山。大山守命为土形君，币岐君，榛原君等的祖先。

一五六　于是大雀命与宇迟能和纪郎子两位，各以天下相让，这时候海人适有贡献，王兄乃辞而不受，令贡于王弟，王弟又令贡于王兄，如是相让之间，既多经时日。如此相让，既非一次两次，海人疲于往还，乃至泣下。故谚语有曰：“海人为了自己的东西哭泣。”[161]但是宇迟能和纪郎子早崩，故大雀命治理天下。

---

〔160〕上句本云“君”，亦可解作大山守，今姑且译作应神天皇。妹子则据契冲在《古事记抄》中所说。云是大山守命的同母妹，大原郎女或高目郎女之一，为宇迟能和纪郎子之妃。

〔161〕此引故事以证俗语的由来，当然系出附会，原意则谓渔人因为自己的货色最易腐烂，故最怕耽误时日。

八　天之日矛

一五七　昔时新罗国王有一个儿子，名叫天之日矛。此人渡海过来了。其渡来的缘因是，在新罗国里，有一个沼，名为阿具沼。在此沼边，有一贱女昼寝，于是日光如虹，指其阴处，又有一贱夫见其状态，深以为异，常常窥伺那女人的行径。此女人乃从昼寝时就怀了孕，生下一个赤球。尔时那窥伺的贱夫向其乞取那球，恒裹在腰间。此人在山谷间耕田，乃并携耕夫等饮食，用一头牛背负，入于山谷中，遇国王子天之日矛。乃问其人道：

“你为什么叫牛背了饮食，到山里去呀？你必定是杀牛食肉吧！”即捕其人，将入诸囚牢，其人回答道：

“我不是杀牛，但送吃食给佃夫罢了。”然犹不肯放免，乃解其腰间的球，赠给国王之子。于是乃赦贱夫，把那球持来，置于床边，即化为美丽的娘子。王子乃与结婚，以为嫡妻。尔时其娘子常设种种珍味，以食其夫。乃其王子心意转奢，骂詈其妻，其女人说道：

“我大抵原来不是做你妻子的女人，我要到我母亲的国去了。”这样说了，遂窃乘小船逃来，留在难波。此即在难波的比卖碁曾社，叫作阿加流比卖的神。〔162〕

〔162〕阿加流比卖义曰光明，系取日光如虹的意思。

一五八　于是天之日矛知道了其妻逃走的事，乃追迹渡来，将到难波的时候，为其渡口之神所阻，不得入内。乃还而至多迟摩国而停泊，即留其地，娶多迟摩之俣尾的女儿前津见而生的儿子，多迟摩母吕须玖。此人的儿子为多迟摩斐泥，此人的儿子为多迟摩比那良岐，此人的儿子为多迟麻毛理，其次为多迟摩比多诃，其次为清日子，凡三位。此清日子娶当摩之咩斐而生的儿子，酢鹿之诸男，其次为妹菅灶由良度美。上文所云多迟摩比多诃娶其侄由良度美而生的女儿葛城之高额比卖命，是为息长带比卖命的母亲。此天之日矛持来之宝物，有称作玉津宝的用索子穿着的珠玉二串，又有兴浪巾，止浪巾，兴风巾，止风巾，又远海镜，近海镜，〔163〕共计八种。此为伊豆志神社所祭之八大神。

九　秋山之下冰壮夫与春山之霞壮夫

一五九　那里有神的女儿，名叫伊豆志娘子的神。众神都想要得这伊豆志娘子为妻，可是得不到。于此有两位神，兄名秋山之下冰壮夫，弟名春山之霞壮夫。其兄对其弟说道：

“我对伊豆志娘子乞婚，但不可得。你能够得到这娘子吗？”回答说道：

---

〔163〕上文第三八节有辟蛇的巾，这里乃是有起止风浪的力量的东西，在航海中所用的一种符咒，可以保海上的平安。

“那容易得到。”其兄说道：

“若是你得着这娘子，我便和你赌赛，脱去上下的衣服来，并且用身子一样高的酒瓮酿一瓮酒，具备了山珍海错，给你做彩。”其弟将其兄所说的话告知了母亲，其母即取藤蔓，在一夜里悉为缝织衣裤鞋袜，并作弓矢，取衣服着上，弓矢佩上了，遣往那娘子的家里去，那衣服弓矢悉化为藤花。于是春山之霞壮夫将弓矢挂在娘子的厕所上，伊豆志娘子见了这花，觉得奇异，持将来时，霞壮夫即立在那娘子的后边，走进屋里去，遂与寝处，乃生一子。对其兄说道：

“我得到伊豆志娘子了。”但是其兄对于其弟结婚的事情觉得愤慨，不肯偿给那赌赛的东西。弟弟把这事告诉了母亲，母亲说道：

“我们在世的时候，理应学习神的做事，现在却不肯偿给那些东西，难道倒是看凡人的模样了么？”于是遂怨恨那大儿子，取伊豆志河岛中有节的竹，编作疏而且大的笼，取河中石，杂盐裹在竹叶里，说诅咒的言语道：

“像这竹叶的青一般，像这竹叶的干枯一般，就那样的发青和干枯吧！像这盐的满干一般，[164]就那样的满干吧！又像这石头沉下去一般，就那样地沉睡着！”如此诅咒已毕，即搁置在灶上。以是其兄凡八年间，干萎病卧。其兄悲泣，请于其母亲，

---

〔164〕盐与潮字相通，故如此说。照例石头也应当说升沉，唯事实石头不能浮，故只有沉这方面。

即为除去其灶上的诅咒物，于是其身体即康复如初。此即为神宇礼豆玖一语之所本。[165]

一〇　世系

一六〇　此品陀天皇的王子若野毛二俣王娶其母妹百师木伊吕辨，又名弟日卖真若比卖命而生的王子，大郎子，又名意富富杼王，其次忍坂大中津比卖命，其次田井中比卖，其次田宫中比卖，其次藤原琴节郎女，其次取卖王，其次沙祢王，凡七位。意富富杼王为三国君，波多君，息长君，坂田酒人君，山道君，筑紫米多君，布势君等的祖先。根鸟王娶庶妹三腹郎女而生的王子中日子王，其次伊和岛王，凡二位。又坚石王的王子为久奴王。

凡此品陀天皇御年一百三十岁，甲午年九月九日升遐，御陵在川内惠贺之裳伏冈。

---

〔165〕宇礼豆玖即上文说的赌赛，因事涉宗教，故称神宇礼豆玖。

卷下

一　仁德天皇

一　后妃及皇子女

一六一　大雀命在难波的高津宫，治理天下。此天皇娶葛城之曾都毗古的女儿石之比卖命而生的王子，大江之伊耶本和气命，其次为墨江之中津王，其次为蝮之水齿别命，其次为男浅津间若子宿祢命，凡四位。又娶上文所说的日向诸县君牛诸的女儿，发长比卖而生的王子，波多毗能大郎子，又名大日下王，其次为波多毗能若郎女，又名长目比卖命，又名若日下部命，凡二位。又娶庶妹八田若郎女，又娶庶妹宇迟能若郎女，此二位皆不生王子。凡此大雀天皇的御子合计六位，男王五位，女王一位。伊耶本和气命治理天下。其次蝮之水齿别命亦治理天下，其次男浅津间若子宿祢命亦治理天下。

二　圣帝之御世

一六二　在此天皇在位的时候，规定葛城部，为皇后石之比卖命作纪念。[1]又规定壬生部，为太子伊耶本和气命作纪念，又规定蝮部，为水齿别命作纪念，又规定大日下部，为大日下王作纪念，又规定若日下部，为若日下王作纪念。又使秦人服役，[2]作茨田堤及茨田屯仓，又作丸迩池及依网池，又掘难波之堀江以通于海，又掘小椅江，定墨江津。

一六三　于是天皇登于高山，以望四方，乃说道：

“国中炊烟不升，良由国皆贫穷。自今以后三年间，其人民的租税劳役悉皆免除。”以是大殿破坏，虽悉漏雨，都不修理，但以水溜承其漏雨，迁避于不漏的地方。后再看国中，炊烟满焉，人民已经富足，始命租税劳役。以是百姓繁荣，不以役使为苦，故称其时为圣帝之御世云。[3]

三　吉备的黑日卖

一六四　皇后石之比卖命很是妒忌，故天皇所使用的宫妾，不常得进宫中，遇有什么特别事情，她动辄两足相擦，发生嫉妒。

---

〔1〕日本古时有所谓“子代”者，规定部属继承人之名字，有如子嗣，见上文第一〇八节。今取其名以为名号，以为纪念，与“子代”用意相似，号称“名代”。

〔2〕秦人即月弓君所率的秦人，盖秦人善于土木工，故用于筑堤。

〔3〕此节显系受中国史书的影响，故从细事着笔，以见圣世之治，故天皇谥号亦云仁德天皇。

尔时天皇听说吉备的海部直的女儿黑日卖容姿端正，叫人去召来使唤。可是因为害怕皇后的妒忌，终于逃回本国去了。天皇在高台之上，望见黑日卖坐了船出海去，乃作歌曰：

“海口小船成列，
那里有黑崎来的，
可爱的摩佐豆古，[4]
正在归乡去呀。”

皇后听见了这歌，大为生气，派人到大浦去，把黑日卖赶下船来，叫从陆路走去。

一六五　天皇恋慕着黑日卖，欺骗了皇后，说将往淡道岛去一看，便走了去，在淡道岛遥望而作歌曰：

“从波光四照的难波崎，
站着看我的国，
望见淡岛，淤能碁吕岛，
还有槟榔小岛，
也看见佐气都岛。”[5]

于是从那岛转过去，到了吉备国。黑日卖引导天皇到那里的园地，侍进御食。为的将献上御羹，去采摘青菜，天皇到了那娘子摘

---

〔4〕黑日卖义云黑媛，殆以发黑得名，摩佐豆古当系其本名，故歌中呼之表示亲爱，其黑媛之名或是入宫以后，所用的美称欤。

〔5〕意云登高望见诸岛，但不见黑日卖的船影。

菜的地方，作歌曰：

“园地里种着的青菜，
同吉备的人一同采摘，
也是快乐的事情。”

天皇上京来的时候，黑日卖作歌以献曰：

“大和方面西风吹了起来，
云都吹散了，
可是虽然吹散了，
我哪里能够忘呢？”

又歌曰：

“往大和方面去的
是谁的夫君啊！
像地下流水似的，[6]
偷偷来去的，
是谁的夫君啊！”

四　皇后石之比卖命

一六六　自此以后，皇后欲开酒宴，采了许多角柏[7]，往

〔6〕原文云“隐水”。谓上有草叶覆蔽，不能看见的流水，喻天皇微行见访，又因为怕皇后的妒忌，匆匆回去，所以这里是羡慕皇后之词。

〔7〕角柏系一种树叶，大如槲叶，三角有尖，古代取用以盛酒饮。

木国去的时候，天皇与八田若郎女结了婚。尔时皇后将角柏装满了一船，正要回来，有服役水取司[8]的吉备国儿岛的壮丁，因役满回国，与在难波大渡落后的仓人女[9]的船只相遇。乃相谓曰：

“天皇近日与八田若郎女结婚，昼夜游戏，或者皇后不知道，所以还是静静的玩着吧。”仓人女听了这话，即追上御船，具如壮丁所说，告诉了皇后。于是皇后大为恨怒，将御船所载的角柏悉投弃于海。故其地称曰御津前。

一六七　尔时皇后不回宫去，将御船引避，溯堀江而上，顺着河流，至于山代。此时作歌曰：

“山复有山的山代川，
顺着上流我走上去时，
生在河边的乌草树，
乌草树之底下，
生长着的枝叶茂盛的椿树。
像这花般照耀，
像这叶般广阔的，[10]
正是那大君呀！”

---

〔8〕水取司供御用的饮料，上文第八〇节有宇陀的水取等的祖先。

〔9〕仓人女盖藏司之内的女官，司器物的出纳者。

〔10〕日本所谓椿即中国的山茶花，故此处云花光照耀，叶广阔，以比天皇。

又从山代回行，到了奈良的山口，作歌曰：

“山复有山的山代川，
顺着上流我走到宫里去，
过了佳丽的奈良山，
过了青山如屏的大和，
我所想看见的地方，
是葛城的高宫，
故乡吾家的近旁。”

如是作歌已乃还，暂止于韩人奴理能美之家。

一六八　天皇闻皇后从山代归还，遣舍人名鸟山者去迎，送以歌曰：

“追到山代，鸟山，
追吧，追吧，
早点追着我的爱妻。”

又续遣丸迩臣口子前去，作歌曰：

“御诸的高城地方，
有那大猪子之原，[11]
大猪子之腹里

---

〔11〕大猪子之原本系地名，“原”字与“腹”字读法正同，言腹内心肝相对，怎令人不忆念呢？此歌盖恨皇后不相念也。或以“心”字作池心宫解，义反复杂，故今仍用本居宣长说。

心与肝相对，

怎令人不相思呀！”

又作歌曰：

“山复有山的山代女郎，

拿了木锹掘出来的萝卜，

萝卜似的白臂膊，[12]

不曾抱着睡过时，

说不知道那还可以吧！”

尔时口子臣陈说此歌的时候，适值大雨。并不避其雨，在前殿伏奏，故相差违，从后户而出，至后殿伏奏，又故差违，从前户而出。其时匍匐趋赴，跪庭中时，潦水至腰，其人着红纽蓝染之衣，水潦湿红纽，青衣皆变红色。口子臣的妹子口比卖，时为皇后的侍奉，乃作歌曰：

“山代的筒木宫里，

陈情的我的兄长啊，

我看了不禁泪下了。”

其时皇后问她什么缘故，回答道：

“因为他乃是我的兄口子臣是也。”

一六九　于是口子臣与其妹口比卖，和奴理能美三人共议，

---

〔12〕萝卜的白引起白臂膊，言倘此臂膊不曾拥抱过，则漠不相关本不足怪，此处亦是怪皇后之寡情。

奏于天皇道：

“皇后所以来此地的缘故，乃因奴理能美所养的虫，第一回是爬走的虫，第二回是壳，第三回乃是飞鸟，是会变三色的奇异的虫。[13]因此为的看这虫，所以进去了，别无什么异心。”如此奏时，天皇说道：

“那么我也觉得奇异，进去看吧。”便从宫里来到山代，进到奴理能美的家里，其时奴理能美将自己所养的三色的虫献于皇后。尔时天皇站在皇后的殿门的时候，作歌曰：

“山复有山的山代女郎，
拿了木锹掘出来的萝卜，
因为你那么啰嗦的说，
所以像四顾密林的样子，
我带了那许多人来了。”[14]

此天皇同皇后所作的歌六首，皆是志都歌的返歌。[15]

五　八田若郎女

一七〇　天皇恋慕八田若郎女，作歌送她道：

---

〔13〕此所谓“三色奇异的虫”，盖即是蚕，奴理能美本韩人，善于育蚕，故将蚕桑传入日本。上文第三〇节，有蚕的起源，原是神话传说，不足为据。

〔14〕此歌首以萝卜的清白起兴，用同义语的关系引起妒忌的纷扰，经遣众臣奉迎，未肯容纳，所以自己前来，率领众人如树林那么众多。

〔15〕志都歌者盖乐府承传的曲调，此言静歌，谓调子舒徐而歌，返歌即附随前歌，重复歌之。

“八田的一株孤生的菅草，

没有子息就将荒废吧？

可惜呀菅原！

名字虽说是菅原，[16]

可惜呀清高的女人。”

八田若郎女答歌曰：

“八田的一株孤生的菅草，

虽然是独居，

只要大君嘉许也罢，

虽然是独居。”

乃规定八田部的部属，为八田若郎女作纪念。

六　速总别王与女鸟王

一七一　天皇命其弟速总别王做媒人，求婚于庶妹女鸟王。尔时女鸟王对速总别王说道：

“因为皇后的妒忌，八田若郎女尚且不能相安，我不愿意去，倒还是做你的妻吧。”于是他们便同居了。速总别王不再去复奏，天皇乃临幸女鸟王的家，立在御殿的门槛上。其时女鸟王正在机织，天皇作歌曰：

“吾女鸟之王，

〔16〕“菅原”是菅草的原野，其读音与“清高”相近，故以双关起兴。

所手织的

是给谁穿的衣服？”

女鸟王答歌曰：

“这是那高飞的

速总别王的

外套的衣料。”

天皇了解他们的事情，随即还宫去了。

一七二　其后速总别王回来，其妻女鸟王作歌曰：

“云雀能飞翔天际，

你会高飞的

速总别王啊，

为甚不去扑杀那鷦洿！”〔17〕

天皇闻歌，即派兵去杀他们。速总别王与女鸟王一同逃走，登仓椅山，速总别王作歌云：

“竖着梯似的

仓椅山上，

〔17〕仁德天皇名大雀命，《日本书纪》写作“大鷦鷯命”，速总别王则写作“隼别王”，此处双关，言隼能高飞，胡不击杀鷦鷯，讽王杀天皇。但据《日本书纪》所记则多少相差，谓天皇初不即问罪，嗣闻隼别王枕女鸟王的膝问曰：隼与鷦鷯孰为敏捷？女鸟王答曰：那自然是隼敏捷了。隼别王说道：所以我先将你弄到手了。天皇闻而更恨之，嗣又闻舍人作歌，讽王作乱，乃派兵去。作歌者非女鸟王，歌词亦略有异，大意云，隼能上天飞翔，胡不捕那四照花上的鷦鷯。

何其险峻呀！

可怜的妻不能攀住岩石，

只挽住我的手。”

又歌曰：

“竖着梯似的

仓椅山上，

虽是险峻

与吾妻同登，

便不觉什么险峻了。”

二人从仓椅山逃到宇陀的苏迩地方，官兵已追及，遂均为所杀。

一七三　尔时将军山部大楯连取女鸟王腕上所戴的玉钏，给了他自己的妻子。后来有一回，宫中宴会的时候，臣下各族的妻女都入朝，大楯连的妻便戴了那女王的玉钏，也去与会。皇后石之比卖命亲自拿了盛酒的柏叶，赐酒给诸族的妻女，见了玉钏有点认识，便不赐酒给她，即引退了，召大楯连来，责他道：

“女鸟王她们因为无礼，所以被诛，也是当然的事。你这厮怎把女王所戴玉钏在肌肤未寒的时候夺了过来，给予自己的妻呢！”于是便命将大楯连处了死刑。

七　雁生子

一七四　又有一个时候，天皇将开宴会，乃临幸日女岛，其时岛中有雁生卵。尔时乃召建内宿祢命，问以雁生卵的事情，乃作歌曰：

“我的亲信的朝臣啊，
你才真是世上的长命的人，
在这日本的国内，
曾闻有雁生子的事么？”〔18〕

于是建内宿祢以歌奉答道：

“光明的日之皇子，
你问得真好，
也问得真对，
我乃是世上长命的人，
在这日本国内，
雁生子的事却不曾听过。”

如此说了，于是借御琴过来，又作歌道：

“这是你抚有天下的吉兆，
所以雁生子的吧。”

这是本岐歌的片歌。〔19〕

---

〔18〕雁乃是候鸟，春来秋去，不在日本生育，故雁生子传为奇瑞。建内宿祢相传为长寿的人，历仕五朝，多所见闻，相传寿至二百岁。

〔19〕本岐歌亦云寿歌，盖祝颂的歌。

八　枯野的船

一七五　在这个时代，免寸河之河有一棵高树。其树影当朝日则到淡道岛，当夕日则越高安山。伐是树作船，其船行驶甚捷，其时号其船曰枯野。常以是船旦夕酌淡道岛的清泉，以供御用。后其船破坏，乃以烧盐，烧剩的木头取以作琴，音响达于七里。其歌曰：

“枯野的船烧了盐，
拿烬余做了琴，
弹起来的时候，
那由良海峡的
海底岩石上立着的
海松也触着波浪，
飒飒的响了。”

这是志都歌的返歌。

此天皇御年八十三岁，丁卯年八月十五日升遐，御陵在毛受的耳原。

二　履中天皇与反正天皇

一　履中天皇与墨江中王

一七六　伊耶本和气王（履中天皇）在伊波礼的若樱宫，治理天下。此天皇娶葛城之曾都毗古的儿子，苇田宿祢的女儿黑比卖命而生的王子，市边之忍齿主，其次御马王，其次妹青海郎女，又名饭丰郎女，凡三位。

一七七　当初在难波宫的时候，举行大尝祭[20]，饮酒大醉而卧。尔时其弟墨江中王谋弑天皇，乃放火于大殿。倭汉直的祖先阿知直乃将天皇偷偷取出，乘马将赴大和。到了丹比野，天皇醒寤，乃问道：

“这是什么地方？”阿知直回答道：

“墨江中王放火于大殿，所以奉驾将逃往大和。”天皇于是作歌曰：

“早知要野宿丹比野，

〔20〕旧例天皇初即位，举行大尝祭，以新谷献于天神地祇，沿至后世，乃为每年定例。

那么该带着屏风来了好，

早知要野宿。”

到了埴生坂，回望难波宫，其火光犹是炳然，天皇又作歌曰：

“我站在埴生坂看时，

火光熊熊烧着的家屋，

那正是妻家的左近吧。”

至大坂山口的时候，路上遇见一个女人。那女人说道：

“有拿兵器的人许多，阻住了这山，请绕道从当麻道过去吧。”于是天皇歌曰：

“在大坂逢着的娘子，

问她路的时候，

没有直告，

但教给当麻的路。”

乃走去至于石上神宫。

一七八　于是同母弟水齿别命前来参谒，请赐面对。天皇命人传谕道：

“我因为想你或者是与墨江中王同心一意的，所以不想和你说话。”回答说道：

“我没有什么邪心，和墨江中王并不是同心一意的。”又命人去传谕道：

“若是这样，现在可以回去，杀了墨江中王再来，那时必定和你说话了。”因此水齿别命回到难波来，找那在墨江中王近旁侍候的隼人，名叫曾婆加理的，欺骗他说道：

“若是你能听我的话，我做了天皇，便以你为大臣，治理天下，如何？”曾婆加理答道：

“遵命。”于是给了隼人许多东西，说道：

“那么，杀了你那王吧。”于是曾婆加理窃伺自己的王入厕去的时候，用矛把他刺死了。水齿别命乃率曾婆加理往大和来，到了大坂山口，心里打算，曾婆加理于我虽有大功，杀了自己的君王则是不义。但如不报酬他的功绩，可谓无信，然欲行其信，则其心反为可怕。〔21〕因此不若报酬他的功绩，杀了本人为好吧。这样想了，便对曾婆加理说道：

“今天留在此处，先给你大臣之官位，明天再上大和去。”即留在山口，造起临时宫殿，大开宴会，乃以大臣之官位赐与隼人，令百官皆拜，隼人欢喜，以为志愿竟成了。尔时乃对隼人说道：

“今天且同大臣共饮一杯酒吧。”共饮的时候，以大碗进酒，其大覆面。于是王子先饮，隼人后饮。隼人饮时，大碗覆其面，尔时乃取席下所置大刀，斩隼人的颈项。如是乃于明日向大和出发，故名其地为近飞鸟。到了大和，乃说道：

“今天留在此处，举行禊祓，〔22〕明天再往神宫参拜吧。”因此故其地名为远飞鸟。于是到了石上神宫，奏上天皇道：

---

〔21〕此“心”或指王子自身，谓此中含叛逆之意，或谓乃指隼人说，似嫌曲折。

〔22〕谓神社之前常举行禊祓，但此或因斩了隼人，故需举行大祓，也未可知。

“一切都已平定讫了。”乃召入相语。

一七九　天皇于是始以阿知直为藏官，[23]并赐田地。又在此时代，以若樱部的名号赐给若樱部臣等，以比卖陀之君的名号赐给比卖陀君等，又规定伊波礼部。

天皇御年六十四岁，壬申年正月三日升遐，御陵在毛受地方。

二　反正天皇

一八〇　水齿别命（反正天皇）在多治比的柴垣宫，治理天下。天皇御身长九尺二寸半，[24]牙齿长一寸，广二分，上下等齐，有如贯珠。天皇娶丸迩之许碁登臣的女儿都怒郎女而生的王女，甲斐郎女，其次都夫良郎女，凡二位。又娶同人的女儿弟比卖而生的王子，财王，其次多诃辨郎女，共计四王。

天皇御年六十岁，丁丑年七月升遐，御陵在毛受野。

---

〔23〕藏官谓司库藏者，即后世之内藏寮。

〔24〕古时尺寸较现今为短，此等记录又多涉夸张，《日本书纪》称倭建命身长一丈，仲哀天皇长十尺，皆此类。

三　允恭天皇

一　后妃及皇子女

一八一　男浅津间若子宿祢命（允恭天皇）在远飞鸟宫，治理天下。此天皇娶意富本杼王的妹子，忍坂大中津比卖命而生的子女，木梨之轻王，其次长田大郎女，其次境之黑日子王，其次穴穗命，其次轻大郎女，又名衣通郎女（其被称为衣通王的缘因，因其身有光，通过其衣而外出故也）。其次八瓜白日子王，其次大长谷命，其次桔大郎女，其次酒见郎女，凡九位。凡此天皇的子女九位，男王五，女王四。此九王之中，穴穗命治理天下，其次大长谷命亦治理天下。

二　定各族氏姓

一八二　天皇初将即位的时候，辞不就，说道：

“我长有疾病，不能即帝位。”但自皇后以至诸卿固请，因遂治理天下。其时新罗国王进贡物八十一艘，贡使名为金波镇汉纪武，[25]此人深知药方，遂治愈天皇的疾病。

一八三　天皇又以天下臣民氏族姓名，多有淆乱者，大为慨叹，因在大和味白梼的言八十祸津日神社前，立探汤之瓮，[26]定天下臣民的氏姓。又定轻部，为木梨之轻太子纪念，定刑部为皇后作纪念，定河部为皇后的女弟田井中比卖作纪念。

天皇御年七十八岁，甲午年正月十五日升遐，御陵在河内的惠贺长枝。

三　木梨之轻太子

一八四　天皇崩后，木梨之轻太子当即帝位，在未即位前，太子与其同母妹轻大郎女私通，作歌曰：

“蜿蜒的山脚下
种了山田，
地下埋管，引水灌田。
悄悄的偷访的我的妹子，
低低的隐泣的我的妻啊，
到了今日，

---

〔25〕此人盖姓金名武，波镇汉纪系其官位，韩史作波珍沧，《隋书》作破珍干，皆同字异译。

〔26〕古代于神前探汤，以定诚伪。言八十祸津日神见上文第二〇节，伊耶那岐命祓除黄泉国的污秽而生，代表一切祸害。

才得安心的相会。”

这就是所谓志良宜歌。[27]又作歌曰：

“打在竹叶上的
阵阵的霰声啊，
亲亲密密的，这样睡了以后，
哪管人家的闲话。
同了可爱的人，
睡了睡了以后，
像割下的蒲草似的
心要乱就乱吧，
睡了睡了以后。”

这就是夷曲的上歌。[28]

一八五　以是百官及天下人民悉背弃轻太子，归附他的兄弟穴穗王子了。于是轻太子恐惧，逃到大前小前宿祢大臣的家里去，作兵器备战。此王子所作的箭以铜为镞，称曰轻箭。穴穗王子亦作兵器。此王子所作以暗为镞，如今日所用，称曰穴穗箭。穴穗王子起兵围攻大前小前宿祢之家，将到宿祢门前时，天降大雨雹。穴穗王子作歌曰：

---

〔27〕志良宜歌即后举歌，唱时着重后半。

〔28〕夷曲见卷上注〔42〕，上或下言调子的高低。

“大前小前宿祢的门前，

像我这样的走上前来，

等候雨住吧！”[29]

大前小前宿祢两人举手打膝，且舞且歌而出来，其歌曰：

“官人们脚戴的小铃落地了，

宫人们不要吵闹，[30]

邻人们也别喧扰。”

这就是所谓宫人调。这样歌着，二人到穴穗王子前说道：

“请王子不要进攻王兄。倘若进攻，将为人所笑。我们当捉了轻太子来献。”穴穗王子乃解围，引兵而退，大前小前宿祢果捕轻太子来献。太子被捕作歌曰：

“飘飘飞空的

轻女郎啊，[31]

哭的响时人家会知道，

哭时便低低的哭，

像那羽狭山的鸽子。”

---

〔29〕歌言在门口等候雨住，喻言不久可得和平解决，即下文的大前小前的擒太子以献。

〔30〕宫人们指穴穗王子所率领的军队，脚带系古人束脚之带，系于膝下，常有小铃等附属。歌意言门前纷扰，原来只是小铃落地，事属细微，故言大家不必吵闹。

〔31〕“飘飘飞空”为“轻”字之枕词，“轻”字读音与“雁”字相同，故假借用之。

又歌曰：

“飘飘飞空的
轻娘子，
亲亲密密的偎着睡，
随后离别吧，轻娘子。”

一八六　轻太子被流放于伊余之汤这地方。[32]在将流放的时候，轻太子作歌曰：

“高飞的鸟，
当作我的使者吧，
听见鹤的声音的时候，
且问我的消息如何。”

此三首即所谓天田调是也。[33]太子又作歌曰：

“把我太子之身
流放到海岛，
我即趁便船归来，
为我爱惜坐席吧。
说是坐席，
还是愿我的妻善自爱。”

〔32〕伊余之汤为温泉所在地，至今有名，即伊豫道后。

〔33〕天田调系用假借字“天田”表示此歌首三字的音。

这就是所谓夷曲之片下也。衣通王亦以歌献，[34]其歌曰：

“海滨的夏草
相并的卧着，
不要踏着蛎壳，
请你避开了来吧。”

一八七　后因不胜恋慕，轻大郎女也奔赴伊余，其时作歌曰：

“你走了日子也很久了，
如接骨木的枝叶相对，[35]
我将自己迎去上前，
再也不能等待。”

此接骨木即今所谓造木是也。及追到后，太子感怀作歌曰：

“众山围绕的初濑山，
大峡里立了许多旗帜，
小峡里立了许多旗帜，
大峡里我们也已决定了，
啊啊，我的可爱的妻。

---

〔34〕轻大郎女一名衣通王，见上文第一八一节。
〔35〕接骨木叶叶相对，故用为迎接的枕词。

檀弓，放下了便自放着吧，

梓弓，立起来便自立着吧，

后来还得这样相见，

啊啊，我的可爱的妻。”[36]

又歌曰：

“众山围绕的初濑川，

在上流打上了清净的木桩，

在下流打上了坚固的木桩，

清净的木桩上挂了明镜，

坚固的木桩上挂了白玉。

白玉似的我的妹，

明镜似的我的妻，

即今就在此地，

还归什么家，

怀念什么故乡！”

这样作歌之后，不久二人同时自杀了。这两首歌都是读歌。[37]

---

〔36〕此歌意义不很明白，今以初濑山为古代葬地，犹中国云北邙，故假定为死便葬此之意，其所谓“决定”即指坟墓。

〔37〕“读歌”谓拉长了声音去读，近于朗诵。

四　安康天皇

一　目弱王之变

一八八　穴穗王子（安康天皇）在石上穴穗宫，治理天下。天皇为其同母弟大长谷王子之故，派遣坂本臣等的祖先，根臣于大日下王那里，对他说道：

“你的妹子若日下王，我想嫁给大长谷王子，所以献了上来吧。”于是大日下王四拜说道：

“想来会有这样的大命，所以一直没有放她出去。这实在是惶恐的事，就遵奉大命，献上去吧。”但是单用一句话回答觉得失礼，于是即拿了一架木制的玉鬘[38]，作为其妹的礼物，贡献了上来。根臣却盗取了礼物的玉鬘，反给大日下王进谗言道：

“大日下王不接受敕令，说道，我的妹子乃去给同族的人，

〔38〕鬘是编植物枝叶而成的东西，戴在头上或颈上。这也是鬘的一种，《日本书纪》称曰“立鬘”，似以木所制，盖冠之类，玉或云美称，或云以玉为饰，其形制如何不详。

当底下铺的席子吗？手紧握着大刀的柄，生了气了。”天皇大为气愤，便杀了大日下王，却将王的嫡妻长田大郎女取来，作了皇后了。[39]

一八九　自此以后，天皇将祀神，在床上昼寝。[40]对皇后说道：

“你有什么思想么？”回答道：

“蒙天皇的厚的恩泽，还有什么思想呢！”皇后的先夫的儿子目弱王，今年七岁了，那时在殿下游戏，天皇却不知道那少年王子在殿下游戏的事，对皇后说道：

“我常有这样的思想。什么事呢，你的儿子目弱王到了成人的时候，知道我杀了他父王的事情，怕要有邪心吧。”在殿下游戏的目弱王听见了这话，便窃暗天皇睡着了的时候，拿起旁边的大刀来，斩天皇的颈项，逃到都夫良意富美的家里去了。

天皇御年五十六岁，御陵在菅原的伏见冈。

一九〇　其时大长谷王子还是少年，听见了这事大为愤慨，乃到其兄黑日子王那里，说道：

---

〔39〕长田大郎女为穴穗王子的同母妹，在轻太子事件直后，不宜有同样的事，故或疑名字有误，《日本书纪》称大草香王子（大日下王）的嫡妻为中蒂姬。

〔40〕原文云，“天皇在神床昼寝”，神床者祭神的床。不宜在此昼寝，说者谓天皇犯不敬罪，故有此不虑的灾祸。

“人家把天皇杀了。这怎么办呢？”但是黑日子王既不吃惊，也不放在心上的样子。于是大长谷王詈其兄曰：

“一方面是天皇，一方面是兄弟，为什么毫不关切，听见人家杀了自己的弟兄，也不吃惊，却是毫不在乎的样子呢！”便抓住衣领，拉了出来，拔刀击杀了。又到其兄白日子王那里，告诉具如前状，但此王子亦同黑日子王那样漠不关心，即抓住衣领，揪到小治田地方，挖了一个坑，站着埋了，埋到腰间的时候，两只眼睛便都爆出，随即死了。〔41〕

一九一　大长谷王乃兴兵，围都夫良意富美的家。那边也兴兵接战，射出的箭像芦苇一样的飞来。于是大长谷王以矛为杖，到门口窥探，并且说道：

“同我说话的娘子，说不定是在这家里吧？”于是都夫良意富美听见此话，自己走了出来，解去所佩的兵器，八拜说道：

“先时赐问的女子〔42〕诃良比卖，当献上侍奉吧，又五处的屯仓亦当添了献上。（所谓五处的屯仓，即今葛城之五村的苑人。）〔43〕然而本人不能同来的理由，因为自往古以至现今，虽

---

〔41〕黑日子王与白日子王同为穴穗王子的同胞兄弟，闻天皇被杀的事，不应如此冷淡，而大长谷王子的妄行杀戮，亦有不近情理处，故后人疑此与争皇位有关。后边的杀市边忍齿王，也是一例，史书纪大长谷王为天皇后许多暴虐的事，与此诸事正可互相参照。

〔42〕“赐问”的意思即是说订婚，王子提名问询，即是有意聘娶。

〔43〕屯仓本来是皇家的田地及仓库，亦有赐给臣下者，此盖属于后者，苑人指御苑所属的园丁。

闻有臣民隐匿于王宫者，至王子之隐匿于臣子家里者则未之前闻，以是思之，贱臣意富美竭力以战，未必更能取胜，然而信托了自己，人于贱臣之家的王子，宁死也不能弃。”如此说了，随取了兵器，还入内战斗。及力穷矢亦尽，乃告王子说道：

“我已负伤，箭也射完了，现今不能再战斗，怎么办呢？”王子回答说道：

“然则再也没有办法了。现在把我杀了吧。”意富美乃以刀刺杀王子，随后刎颈而死。

二　市边忍齿王

一九二　自此以后，淡海的佐佐纪山君的祖先，韩袋说道：

“淡海的久多绵之蚊屋野地方，多有麋鹿，其并立的脚有如苇原，矗立的角有如枯树。”尔时大长谷王乃率市边忍齿王共赴淡海，到了原野，各作临时宫殿，相与住宿。明日，日尚未出时，忍齿王毫不经心的骑了马来到大长谷王的假宫旁边，站着对大长谷王的从人说道：

“还没有醒来吧，快点告诉一声。天已经亮了。请往猎场去吧。”说了遂即躜马而去。于是大长谷王的近侍人等说道：

“说怪语的王子，请你用心一点，你自身也武装了好吧。”于是大长谷王在衣服之中着甲，取弓矢佩了，乘马而出，倏忽之间两马相并，遂取箭射杀忍齿王，复将其身体切开，放在马

槽内，埋在地底下。

一九三　是时市边王的王子，意富祁王和袁祁王二位，闻乱逃去，到了山代的刈羽井地方，正在吃干粮的时候，有黥面的老人来，夺其干粮。二王说道：

“粮并不可惜，但是你是谁呀？”回答说道：

“我山代的饲猪人也。”二王乃逃过久须婆河，至针间国，到其国人名志自牟者的家里，隐身为饲马饲牛的人，为人服役。

五　雄略天皇

一　后妃及皇子女

一九四　大长谷若建命（雄略天皇）在长谷的朝仓宫，治理天下。天皇娶大日下王的妹子若日下部王，无有子女。又娶都夫良意富美的女儿韩比卖[44]而生的王子，白发命，其次妹若带比卖，凡二位。为白发太子定白发部以为纪念，又定长谷部舍人，又定河濑舍人。[45]其时吴人渡来，将此吴人安置于吴原，故谓其地曰吴原。

二　若日下部王

一九五　其初皇后在日下的时候，天皇从日下的直越之道往河内去。尔时登山上回望国内，见有人家，屋顶上作坚鱼木者。天皇乃问其家为谁，说道：

---

〔44〕韩比卖即上文第一九一节的诃良比卖。

〔45〕据《日本书纪》，近江国出白鹈，即白色鹭鸶，因系珍奇之鸟，故设舍人以为纪念。

“屋顶作坚鱼木者，是谁人的家呀？”或答说道：

“这是志几的大县主[46]的家。”天皇乃说道：

“奴才要把他自己的家，造得同大皇的宫殿相似。”即遣人去，把那家放火烧了。尔时大县主畏惧，叩首谢罪道：

“奴才不懂事，犯错误了，很是惶恐。”因献上谢罪的礼物，用布缚着白狗，系着铃，叫同族名称腰佩的人牵了，献了上来。放火的事也就罢免了。天皇即临幸若日下部王那里，把这狗赐她，对她说道：

“这是今天在路上得到的珍奇的物事，现在算作聘礼吧。”

一九六　于是若日下部王复奏于天皇道：

“背着太阳来到这里，很是惶恐，还是等我前去供奉吧。”[47]于是天皇还宫的时候，走到山坡上站着，作歌曰：

“这边日下部的山

与对面平群山[48]的

两山中间的山峡上，

站立着繁茂的大叶白梼，

上边生着茂密的竹，

---

〔46〕大县主即是后世的村长。

〔47〕因为聘娶是吉礼，故背日为不祥，天皇从大和往河内，故云背日而行。上文第七六节，又以向日而战为不祥，禁忌正相反，但即此可以见古人对于太阳的崇拜。

〔48〕此处“平群山”之上有枕词，见卷中注〔110〕，今从略。

下边生着繁盛的竹。

今不能像茂竹似的紧密的睡，

也不能像繁竹似的偎倚的睡，

但是后来终当好好的睡吧，

啊啊，我的相思的妻子！”

随即遣人将此歌〔49〕送到若日下部王那里。

三　引田部的赤猪子

一九七　又在一个时候，天皇游行到了美和河，见有一少女在河边洗衣，其容姿甚美丽。天皇乃问少女道：

“你是谁的女儿呀？”少女答道：

“我名引田部的赤猪子。”天皇说道：

“你不要出嫁。现在就来召唤。”说了还宫去了。赤猪子乃等待天皇的命令，已经过了八十岁了。于是赤猪子自己想道：

“我奉命等待，已多历年月，今姿体瘦萎，更无可恃，但等待的心如不表明，终属于心不快。”于是拿了许多礼物，前来进献。但天皇于先前命令的事已经完全忘记了，乃向赤猪子道：

“你是谁家的老婆子，为什么事来的呢？”赤猪子回答道：

“从前某年某月，奉天皇的命令，等候大命至于今日，已

---

〔49〕将歌送去，此处有两种办法，一文字传达，二口头传达。上文第一六八节的口子臣，即是司口头传达者，此当亦是同样情形。

经过了八十岁了。今容姿既衰，更无所恃，但为表显己志，故特行前来。”于是天皇大惊，说道：

“我先前的事情既已忘记，你守志待命，徒过盛年，甚可悲悼。”意欲召幸，但是因为她极衰老了，也不敢召，因赐以歌，其歌曰：

“御诸山的神圣白梼树，
白梼树的树下，
神圣不可侵犯呀，[50]
白梼原的处女。”

又歌曰：

“引田的嫩栗的栗栖原，
在年少时[51]召唤了，
岂不好么，
现在是老了。”

尔时赤猪子落泪，其所着红染的衣袖悉湿，作歌奉答道：

“御诸山的神垣，[52]
筑了就没有筑完；
这还倚靠谁呀？

---

〔50〕此歌解说纷歧，今据本居宣长说，以神木之不可侵犯喻老女之不可复召。

〔51〕此处因栗栖原联想到嫩栗，作为下文年少时的陪衬，系枕词的一种作用。

〔52〕解说不一，此据本居宣长说，但意思仍不甚明了。

奉仕神宫的人。”

又歌曰：

“日下江的江湾里
长着开花的莲花，
像莲花似的盛年的人，
是很可羡慕呀！”

于是厚赐这老女，乃遣她归去。此四首歌都是志都歌。[53]

四　吉野宫

一九八　天皇往去吉野宫的时候，在吉野川的河边，有一少女，其姿容甚美，乃召幸此少女，而还宫焉。其后更往吉野时，在遇此少女的地方停留，立大吴床[54]，在吴床上弹琴，而令此少女伴舞。少女舞得很好，天皇因作歌，其歌曰：

“坐吴床上的神[55]
亲手弹着琴，
舞着的女人啊，
愿得此景常在呀。”

---

〔53〕见注〔15〕。

〔54〕原文作“吴床”，即胡床，上文第五二节即已有天若日子卧胡床上之文，故或疑雄略天皇无有胡床，未免拘泥，盖后世记录时已有此物，文字异同盖出于无心也。

〔55〕日本古代以天皇为神的代表，称为现津神，即神之显现于世者，此处雄略天皇自称，可见其人的性格，以及神道的精神。

一九九　又往阿岐豆野打猎的时候，天皇在大吴床上坐，有一匹飞虻来啮御腕，旋来一蜻蛉，衔飞虻飞去。天皇乃作歌曰：

“三吉野的小牟漏岳上，
多有野猪隐伏，
是谁告知了大君。
统治天下的大君
坐在吴床上等着野猪，
穿着白栲〔56〕的袖的
手腕的肉上，
有虻来叮上了，
蜻蛉却把虻吃了去。
这样的不负佳名，
所以大和的国
名为蜻蛉岛的吧。”〔57〕

所以从那时候起，这个原野被称作阿岐豆野。

---

〔56〕栲乃谷树之类，古代取其纤维为布，故称“白栲”或写作“白妙”，作为衣袖等枕词。

〔57〕蜻蛉即蜻蜓，日本古名阿岐豆，或写作“秋津”，读音相同。

五　葛城山

二〇〇　又在一个时候，天皇登葛城山，在那里遇见一头大野猪。天皇即用鸣镝射那野猪，野猪发怒，鸣吼奔来。天皇因其怒吼见而生畏，乃升榛树上边，作歌曰：

"天下平安的我的君王，
射猎的野猪负了伤，
怒吼而来煞是可怕，
我就逃了攀登近地的，
榛树的枝间。"

二〇一　又在一个时候，天皇登葛城山的时候，百官人等悉穿着红纽的蓝染的衣服。尔时从对面山麓方面，也有人登山上来，与天皇的卤簿完全相像，其装束形状及人众亦相似，不可辨别。天皇看见了问道：

"在这倭国除我以外，没有君主，现今是谁人这样走着的？"其回答的话，也与天皇所说一样。于是天皇大为发怒，弯弓搭箭，百官人等亦悉搭箭，对方的人都搭上了箭了。天皇又问道：

"那么报名来吧，各自报了名，随后放箭吧。"于是那边回答道：

"你先问我，那么我就先报名吧。我乃是虽恶事而一言，虽善事而一言，言下即决之神，葛城的一言之主大神是也。"

于是天皇惶恐，说道：

“诚惶诚恐，我的大神有此现实的形体，我从未想到。”乃取大刀弓矢，又令脱百官人等所服的衣服等，拜而献奉。尔时其一言主大神亦拍手受纳诸所献物，[58]天皇还幸的时候其大神下降至山麓，送至长谷的山口。一言主大神是在那时候，显现于世云。

六　春日之袁杼比卖与三重之采女

二〇二　又天皇为的召幸丸迩的佐都纪臣的女儿袁杼比卖，往春日去的时候，半路上与娘子相遇。娘子见天皇来，乃逃至冈边躲过了。其时作御歌曰：

“少女躲过的冈边，
哪里去得五百个金锄，
来锄土搜寻啊！”

所以其冈遂称作金锄冈。

二〇三　又天皇曾在长谷的大槻树底下开酒宴的时候，伊势国三重之采女高举御盏以献。尔时大槻树叶落，浮御盏中。

〔58〕拍手表示欢喜，中国推手回拜。

采女不知落叶之浮于盏中，[59]仍将御酒献上，天皇见盏中所浮落叶，当将采女按倒，将剑拟其颈，正要斩杀的时候，其采女对天皇说道：

“幸勿杀吾身，有事奉白。”即作歌曰：

“缠向的日代之宫
是朝阳所照的宫，
夕日所映的宫，
竹根盘错的宫，
木根伸张的宫，
土石坚筑的宫，
良材桧木造成的殿，
在这新尝祭的御殿，
生长着繁茂的杙树，
上面的枝覆着天，
中间的枝覆着东国，
底下的枝覆着乡间。
上面树枝的枝端的叶
触着中间的树枝
中间树枝的枝端的叶
触着下边的树枝，

---

〔59〕采女盖高举御盏，过于头顶，故不见盏中落叶，中国古时所谓举案齐眉，亦系表示恭敬之意。

下边树枝的枝端的叶
落在绢衣三重[60]的，
孩子所高举的瑞玉杯中，
浮脂似的浮着，
水音也是骨碌骨碌的，[61]
这实在是惶恐之至。
日光高照的日之御子，
这事情就是这样的传说吧。”[62]

此歌既献上，其罪乃被赦免。

二〇四　于是皇后乃作歌，其歌曰：

“在大和的高地，
这微高的高台上，
在这新尝祭的御殿
生长着枝叶茂盛的椿树，[63]
像这叶的广阔，
像这花的照耀，

---

〔60〕“绢衣三重”系双关语，下连从三重地方来的意思。

〔61〕此处云似浮脂，云水音骨碌骨碌的，均系记天地开始的成语，取其吉庆，致祝贺之意。

〔62〕见卷上注〔29〕。

〔63〕词句与上文第一六七节山代川的歌部分相同。

日光高照的日之御子，

请你受这美酒的贡献。

这事情就是这样的传说吧。”

天皇作歌曰：

“百石城的大宫人，

鹌鹑似的披着领巾，[64]

鹡鸰似的拖着衣裾，

麻雀似的蹲在一起，

今天也似乎有宴会哪，

日光高照的日之宫人，

这事情就是这样的传说吧。”

这三首乃是天语歌。在宴会上都称赞那三重的采女，赐给她许多东西。

二〇五　在这酒宴的时候，春日之袁杼比卖亦来献酒，天皇作歌曰：

“水滴似的[65]娘子，

---

〔64〕鹌鹑颈有白斑，喻着领巾，鹡鸰上下其尾，盖喻拖着长裳。

〔65〕“水滴”系下文“臣”的枕词，因“臣”音近“大水”，今译文从略。

拿着长的酒瓶。

拿酒瓶要好好的拿，

要用力的好好的拿了，

拿着长的酒瓶的娘子。”

这乃是宇岐歌。[66]尔时袁杼比卖乃献歌曰：

“天下平安的我的大君，

早上坐朝所倚靠的，

晚上坐朝所倚靠的，

胁几[67]底下的板呀，

我真愿意变作那板！”[68]

此乃是志都歌也。

天皇御年一百二十四岁，[69]己巳年八月九日升遐，御陵在河内的多治比之高鹯。

---

〔66〕宇岐歌此云盏歌，盖注酒时的歌，宇岐或写作“浮”字。

〔67〕胁几系一种凭倚之几，放在胁下，称作“胁息”。

〔68〕此意与陶渊明的《闲情赋》相似，“愿在木而为桐，作膝上之鸣琴。”

〔69〕史称雄略天皇在位二十三年，六十二岁而崩，似系实录，《古事记》云一百二十四岁，当属传说夸张之词，盖如赤猪子的故事所说，天皇的年纪非一百以上不可，但安康天皇被弑时又说还是少年，相隔才二十三四年，这年岁的矛盾甚是显然。

六　清宁天皇与显宗天皇

一　清宁天皇

二〇六　白发大倭根子命（清宁天皇）在伊波礼的瓮栗宫，治理天下。此天皇无皇后，亦无王子，故规定白发部，以为纪念。天皇崩后，无有统治天下的王子，乃寻问可继皇位的王子，以市边忍齿别王的妹子忍海郎女，又名饭丰王，在葛城忍海之高木角刺宫听政焉。

二　志自牟的新室落成

二〇七　山部连小楯任命为针间国的长官的时候，到那地方的人志自牟的新房子里，举行落成庆祝。于是盛开宴会，正值酒半，各人轮流歌舞。尔时有烧火的小子二人，在灶的旁边，也叫来歌舞。一人说道：

“阿哥，你先舞吧。”其兄说道：

“兄弟，你先舞吧。”二人相让着的时候，集会的人看了互让的情形笑起来了。终于兄先舞了，其弟要舞的时候，曼声吟道：

“我们勇敢的武士，
佩着的大刀柄上，
画着红的花纹，
穗子上挂着红布，
站起来看时，
对面隐约的山麓上，
砍来些竹子，
把竹梢曲伏的样子，
像弹八弦琴似的[70]
那么治理天下的
伊耶本和气天皇的御子
市边忍齿王之
末裔，奴辈是。”

〔70〕这歌词的意思只要说明自己是履中天皇的子孙，上边一连串全是陪衬的话，由武士的装束说到竹，借竹梢曲伏形容盛大之势，又说弹八弦琴比喻治天下，便归结到本题了。

小楯连闻而大惊，从座上落下，把家里的人都赶了出去，将王子二人放在左右膝上，[71]悲哀哭泣，乃招集民众造临时宫殿，住在临时宫殿里面，一面派遣驿使出去。于是其姑母饭丰王听见欢喜，叫上宫里去了。

三　歌垣

二〇八　在治理天下尚未决定的时候，平群臣的祖先志毗臣在歌垣上，强取了袁祁命所想娶的美人。[72]那娘子是菟田首等的女儿，名叫大鱼。尔时袁祁命也采到歌垣。于是志毗臣作

---

〔71〕二王子避难在幼小时，中间经过雄略天皇的二十三年，应该已是少年了。故事里却仍当作“烧火的小子”，所以这里将二人抱在膝上云云，与事实或恐有未合。

〔72〕古时青年男女聚会，即兴咏歌，按拍吟唱，或互为跳舞，游戏竟日夜，为结婚的媒介，日本称为“歌垣”，垣者言众人聚为墙垣。中国少数民族中间，间有此类风俗，如跳月之俗即是。

歌曰：[73]

“大殿的那一头的檐角，

有一角倾斜了。”

如是歌已，乞歌末句，袁祁命乃续歌曰：[74]

---

〔73〕此处歌词排列似有错乱，故词意多费解，今依本居宣长说，重为排列如次：

尔时袁祁命也来到歌垣，而作歌曰：

“看潮流的波浪的样子，

在游泳着的鲔鱼的鳍边

见有妻子立着呢。”

志毗臣乃歌曰：

“很大的鲔鱼，

刺鲔鱼的渔人呀，

因为如此所以心急吧，

刺鲔鱼的鲔鱼。”

又歌曰：

“大殿的那一头的檐角，

有一角倾斜了。”

如是歌已，乞歌末句，袁祁命乃续歌曰：

“这是大匠拙劣，

所以有一角倾斜了。”

王子又歌曰：

“大君的气度宽大，

对于臣子的八重柴垣，

并不阑入。”

于是志毗臣愈加气忿，歌曰：

“王子的柴垣，

虽是重重的结着，

可是能切破的柴垣，

烧掉的柴垣。”

〔74〕此歌系旋头歌，上下各为半片，此处由二人合作而成。歌意盖言王子失恋，故殿檐倾颓，而王子则归咎于大匠的拙劣，表明与自己无干。

“这是大匠拙劣，
所以有一角倾斜了。”

志毗臣又歌曰：

“大君的气度宽大，
对于臣子的八重柴垣，
并不阑入。”

王子歌曰：

“看潮流的波浪的样子，
在游泳着的鲔鱼[75]的鳍边
见有妻子立着呢。”

于是志毗臣愈加气忿，歌曰：

“王子的柴垣，
虽是重重的结着，
可是能切破的柴垣，
烧掉的柴垣。”

王子亦作歌曰：

“很大的鲔鱼，
刺鲔鱼的渔人呀，
因为如此所以心急吧，

---

〔75〕“志毗”读音与“鲔鱼”相同，故歌词借鲔鱼为喻，鳍边犹言袖边。王子此歌以鲔鱼比志毗臣，故志毗臣后来亦以刺鲔鱼的渔人比王子，如是解说似较可。

刺鲔鱼的鲔鱼。”

如是歌唱竞争，至于天明，遂各散去。明日清晨，意富祁命与袁祁命二人计议，说道：

“凡朝廷的人，旦则趋朝，昼则集于志毗之门。现今志毗亦当睡觉，故其门当无有人。及今不图，便难下手。”遂兴兵围志毗臣的家，杀其一家。

二〇九　其时二位王子，各以天下相让。意富祁命让其弟袁祁命道：

“住在针间的志自牟家里的时候，倘不是你显示名字，更没有做统治天下的君王的事。那是你的功劳。所以我虽是兄长，还是你应该先来治理天下。”袁祁命辞不获已，乃治理天下。

四　显宗天皇

二一〇　袁祁石巢别命（显宗天皇）在近飞鸟宫，治理天下八年。此天皇娶石木的女儿难波王，但无有王子。此天皇寻求其父王市边王的遗骨的时候，淡海国的一出身卑贱的老媪出来说道：

“王子埋骨的地方，我知道得很清楚。又因了那牙齿可以知道。”因为忍齿王的牙齿是有三枝的很大的牙齿。于是召集人民，寻求御骨，乃得到遗体，在蚊屋野的东边山上，造了御陵葬了，叫韩袋的儿子们看守御陵。然后，将遗体搬来了。[76]天皇还宫，乃召见老媪，因为她很能够着眼那葬地，不曾忘记，加以称赞，赏给她“置目”老媪的称号。[77]遂召入宫内，十分郑重的与以赏赐，又在宫的近旁造作老媪的住家，每天必定召见。所以在宫殿的门口挂上铃铛，要召见这老媪的时候，便拉铃铛使响。于是乃作歌曰：

“从茅草生着的原野
以及小谷传来的，
铃铛摇荡的声音啊，
可不是置目来了吧？”[78]

随后置目老媪说道：

“我很老迈了，想要回到本国去。”随即依照了她。送她回去的时候，天皇送她作歌曰：

“置目呀，近江的置目，
从明天起就将隐在深山里，
不能再见了吧。”

二一一　天皇当初遇难在逃的时候，有饲猪的老人夺其干

〔76〕上文说已下葬，这里又说似乎迁到大和来，故或以此一句定为衍文。

〔77〕“置目”字义即是“着眼”，她能留心那葬地，所以给她这个称号。

〔78〕老媪的家既在皇宫近旁，故来时不必经过原野，这里只是因铃铛而联想的情景，仿佛如驿路的样子。

饭，至是乃命寻求其人。及既求得，遂命召至飞鸟河的河边，把他斩了，又将一族的人都切断了膝筋。以是至于今日，其子孙到大和来的时候，必定自然而然的跛行。这就是那老人看定躲避的所在，所以那地方叫作志米须。[79]

二一二　天皇对于杀害其父王的大长谷天皇，深为怨恨，欲加报复于死者，毁大长谷天皇的御陵。正要派遣人去的时候，其兄意富祁命乃奏言曰：

“要破坏这个御陵，不可派遣他人。我当自己去，一如天皇御意那样的破坏了来。”天皇说道：

“那么就照你所说的办了吧。”于是意富祁命亲自前去，在御陵旁边掘毁少许，便回来复奏道：

“已经掘毁了。”尔时天皇怪其回来得快，问道：

“怎样的毁坏的呢？”回答道：

“御陵旁边的土，掘了少许。”天皇问道：

“要报父王的仇，必须把那御陵全都毁了，为什么只掘了少许的呢？”回答说道：

“这样做的理由是，欲报父王的仇于死者，诚然有理，但大长谷天皇虽是父王的仇人，一面也还是我们的从父，而且又

---

〔79〕“志米须”为“见志米须”之略，此言看定，系附会地名的说法，为地名故事的一例。此处所说不很明白，盖言老人防避为人所知，故看定一躲避之处，据本居宣长说大意如是。

是治理天下的天皇，今如单为报父王的仇起见，把治理天下的天皇的御陵悉皆破坏，后世的人必定要加诽谤。可是父王的仇，也不可不报。所以把御陵旁边掘毁少许，以示后世便已够了。”天皇听了说道：

“这也说得有理，便照你所说的办好了。”随后天皇升遐之后，意富祁命即了帝位。天皇御年三十八岁，八年间治理天下，御陵在片冈的石杯冈上。

七　仁贤天皇以后十代

一　仁贤天皇

二一三　意富祁命（仁贤天皇）在石上之广高宫，治理天下。此天皇娶大长谷若建天皇的王女春日大郎女而生的王子，高木郎女，其次财郎女，其次久须毗郎女，其次手白发郎女，其次小长谷若雀命，其次真若王。又娶丸迩日爪臣的女儿糠若子郎女而生的御子，春日山田郎女。此天皇的御子合计七位，其中小长谷若雀命治理天下。

二　武烈天皇

二一四　小长谷若雀命（武烈天皇）在长谷之列木宫，治理天下八年。此天皇没有太子，规定小长谷部，代为子嗣。御陵在片冈的石杯冈。天皇既崩，无可继位的王子，乃召品太天皇五世孙袁本杼命，命由近淡海国上京，与手白发命结婚，授以天下。

三　继体天皇

二一五　袁本杼命（继体天皇）在伊波礼的玉穗宫，治理天下。此天皇娶三尾君等的祖先，若比卖而生的王子，大郎子，其次出云郎女，凡二位。又娶尾张连等的祖先，凡连的妹子，目子郎女而生的王子，广国押建金日命，其次建小广国押楯命，凡二位。又娶意富祁天皇的王女手白发命为皇后而生的王子，天国押波流岐广庭命，一位。又娶息长真手王的王女麻组郎女而生的王女，佐佐宜郎女，一位。又娶坂田大俣王的王女黑比卖而生的王女，神前郎女，其次茨田郎女，其次马来田郎女，凡三位。又娶茨田连小望的女儿关比卖而生的王女，茨田大郎女，[80]其次白坂活日子郎女，其次小野郎女，又名长目比卖，凡三位。又娶三尾加多夫的妹子，倭比卖而生的王女大郎女，其次丸高王，其次耳王，其次赤比卖郎女，凡四位。又娶阿倍波延比卖而生的王子，若屋郎女，其次都夫良郎女，其次阿豆王，凡三位。此天皇的御子共计十九王，男七人，女十二人。此中天国押波流岐广庭命治理天下。其次广国押建金日命亦治理天下。其次建小广国押楯命亦治理天下。佐佐宜王斋祭于伊势神宫。又在此时代，筑紫君石井不从天皇之命，多有无礼的事，乃遣

〔80〕原本无此一句，因下文共计十九王，计算起来人数不足，本居宣长参酌《日本书纪》补入二十字，今从其说。

物部荒甲之大连及大伴之金村连二人，往杀石井。

此天皇御年四十三岁，丁未年四月九日升遐，御陵在三岛之蓝陵。

四　安闲天皇

二一六　广国押建金日命（安闲天皇）在勾之金箸宫，治理天下。此天皇无御子。乙卯年三月十三日升遐，御陵在河内之古市高屋村。

五　宣化天皇

二一七　建小广国押楯命（宣化天皇）在桧垌之庐入野宫，治理天下。此天皇娶意富祁天皇的王女桔之中比卖命而生的王子，石比卖命，其次小石比卖命，其次仓之若江王。又娶川内之若子比卖而生的王子，火穗王，其次惠波王。此天皇的御子合计五位，男三人，女二人。火穗王为志比陀君的祖先，惠波王为韦那君、多治比君的祖先。

六　钦明天皇

二一八　天国押波流岐广庭（钦明天皇）天皇在师木岛大

宫，治理天下。此天皇娶桧垧天皇的王女石比卖命而生的王子，八田王，其次沼名仓太玉敷命，其次笠缝王，凡三位。又娶其女弟小石比卖命而生的御子，上之王，一位。又娶春日之日爪臣的女儿糠子郎女而生的王子，春日山田郎女，其次麻吕古王，其次宗贺仓王，凡三位。又娶宗贺之稻目宿祢大臣的女儿岐多斯比卖而生的王子，桔丰日命，其次妹石垧王，其次足取王，其次丰御气炊屋比卖命，其次亦称麻吕古王，其次大宅王，其次伊美贺古王，其次山代王，其次妹大伴王，其次樱井之玄王，其次麻奴王，其次桔本之若子王，其次泥杼王，凡十三位。又娶岐多志比卖命之姨小兄比卖而生的王子，马木王，其次葛城王，其次间人穴太部王，其次三枝部穴太部王，又名须卖伊吕杼，其次长谷部若雀命，凡五位。此天皇的御子女共计二十五王。此中沼名仓太玉敷命治理天下。其次桔丰日命亦治理天下。其次丰御气炊屋比卖命亦治理天下，其次长谷部若雀命亦治理天下。共计四王，悉治理天下。

七　敏达天皇

二一九　沼名仓太玉敷命（敏达天皇）在他田宫，治理天下一十四年。此天皇娶其庶妹丰御气炊屋比卖命而生的王子，静贝王，又名贝暗王，其次竹田王，又名小贝王，其次小治田王，其次葛城王，其次宇毛理王，其次小张王，其次多米王，其次樱井玄王，凡八位。又娶伊势大鹿首的女儿小熊子郎女而生的子女，布斗比卖命，其次宝王，又名糠代比卖王，凡二位。又娶息长真手王的女儿比吕比卖命而生的王子，忍坂日子人太子，又名麻吕古王，其次坂腾王，其次宇迟王，凡三位。又娶春日中若子的女儿老女子郎女而生的王子，难波王，其次桑田王，其次春日王，其次大股王，凡四位。

此天皇的御子等共计十七王，其中日子人太子娶庶妹田村王又名糠代比卖命而生的御子，即在冈本宫治理天下的天皇。〔81〕其次中津王，其次多良王，凡三位。又娶汉王的妹子大股王而生的王子，智奴王，其次妹桑田王，凡二位。又娶庶妹玄王而生的王子，山代王，其次笠缝王，凡二位。合计七王。

天皇甲辰年四月六日升遐，御陵在川内科长。

八　用明天皇

二二〇　桔丰日命（用明天皇）在池边宫，治理天下三年。此天皇娶稻目宿祢大臣的女儿意富艺多志比卖而生的王子多米王，一位。又娶庶妹间人穴太部王而生的王子上宫厩户丰聪耳

---

〔81〕此指第三十四代舒明天皇，系推古天皇的后一代，《古事记》中没有这一代的记载。

命，[82]其次久米王，其次植栗王，其次茨田王，凡四位。又娶当麻之仓首比吕的女儿饭女子而生的王子，当麻王，其次妹须贺志吕古郎女，凡二位。

此天皇丁未年四月十五日升遐，御陵在石寸掖上，后迁于科长中陵。

九　崇峻天皇

二二一　长谷部若雀（崇峻天皇）天皇在仓椅柴垣宫，治理天下四年。壬子年十一月十三日升遐，御陵在仓椅冈上。

一〇　推古天皇

二二二　丰御气炊屋比卖命（推古天皇）在小治田宫，治理天下三十七年。戊子年三月十五日癸丑升遐，御陵初在大野冈上，后迁于科长之大陵。

一月廿九日译了，二月廿日校毕

---

〔82〕厩户王子推广汉文化，尊崇佛教，后世甚加尊重，未即位而卒，通称圣德太子。

○猫ねこまた

图书在版编目（CIP）数据

古事记 /（日）安万侣著 ; 周作人译 . -- 北京 : 现代出版社，2018.8（2024.1 重印）
ISBN 978-7-5143-7114-7

Ⅰ . ①古… Ⅱ . ①安… ②周… Ⅲ . ①民间故事一作品集一日本一古代 Ⅳ . ① I313.73

中国版本图书馆 CIP 数据核字（2018）第 124186 号

著　　者　［日］安万侣
译　　者　周作人
责任编辑　王传丽　阎欣
装帧设计　吉冈雄太郎

出 版 人　乔先彪
出版发行　现代出版社
地　　址　北京市安定门外安华里 504 号
邮政编码　100011
电　　话　(010) 64267325
传　　真　(010) 64245264
网　　址　www.1980xd.com
印　　刷　三河市嵩川印刷有限公司
开　　本　880mm × 1230mm　1/32
印　　张　7.25
字　　数　133 千字
版　　次　2018 年 8 月第 1 版　2024 年 1 月第 2 次印刷
书　　号　ISBN 978-7-5143-7114-7
定　　价　59.80 元
